槐花白，槐花香

张淼 著

天津出版传媒集团
百花文艺出版社

图书在版编目（CIP）数据

槐花白，槐花香 / 张森著 . -- 天津：百花文艺出版社，2022.1
ISBN 978-7-5306-8106-0

Ⅰ. ①槐… Ⅱ. ①张… Ⅲ. ①散文集－中国－当代
Ⅳ. ① I267

中国版本图书馆 CIP 数据核字（2021）第 240701 号

槐花白，槐花香
HUAIHUA BAI, HUAIHUA XIANG
张森 著

出 版 人：薛印胜
特约策划：凌 翔
责任编辑：张 雪
出版发行：百花文艺出版社
地址：天津市和平区西康路 35 号 邮编：300051
电话传真：+86-22-23332651（发行部）
+86-22-23332656（总编室）
+86-22-23332478（邮购部）
网址：http://www.baihuawenyi.com
印刷：廊坊市海涛印刷有限公司
开本：710 毫米 ×1000 毫米 1/16
字数：220 千字
印张：14.5
版次：2022 年 1 月第 1 版
印次：2022 年 1 月第 1 次印刷
定价：58.00 元

如有印装质量问题，请与廊坊市海涛印刷有限公司联系调换
地址：河北省廊坊市安次区码头镇金官屯村
电话：（0316）2516002 邮编：065003

在文字里，获得自由和永恒

最近，我有一个惊喜的发现，每当我站在家乡的小山坡，站在父亲种的那些树中间，站在山坡上成群的小野花中间，就会有些神奇美好的句子接连不断地涌现在脑海，我只需要把它们写下来而已。

我是个爱做梦的人，每天晚上都有丰富的梦境。很庆幸我依然拥有这种神秘抵达美好的方式。它似乎对现实中常感到迷惑的我有种特殊的医治作用。最常出现的一个梦境是我回到槐树庄，时间似乎是四月。全村的槐花盛开，老牛用舌头卷着树上的槐花和叶子。大姑、小姑、小叔都还没成家，大家的院墙也都没有垒起来。我们在老槐树下吃饭、乘凉、睡觉，奶奶唤我回家……真实的情况是那个叫窝台儿村的村庄，五年前我回去时已经找不到曾经可以蜿蜒到达的小路。奶奶去世了十余年，大姑远在武汉，小叔在周边城市不断接着建筑工地的零工，唯有小姑守在一个临近的村庄。她嫁给了一个杀猪头儿，一年到头有吃不完的猪肉。离开小姑家时，她在小弟汽车的后备箱里装了一个大倭瓜、一大袋带壳花生和一壶菜籽油。在南方出生和长大的小男孩康康还兴奋地带走了两个大葫芦和几只知了壳。

一切美好的东西都在快速逝去。你伸出双手，发现什么都抓不住。

这样重复的梦境有好几个，有时一觉醒来，我不知道到底是梦，还是真的场景。似乎，我在梦中就对自己说，这么美好，我不要醒来。一觉醒来，我还会呆滞在对梦境的回忆里。我只好尽量记录那些梦境，一些美好的东西在文字里获得了永恒。

最近几年，我似乎与自己、与生活达成了某种和解。看不惯自己和别人的情况减少了许多。你我皆是笼中之鸟，只是笼子大些小些之分。明白了这一点，还有啥优越感呢？即使是精神的贵族，精神还是要栖居在一个平凡的躯壳上，这个躯壳有许多身不由己的时候。胡适说，宁愿不自由，也是自由了。我在熙熙攘攘的生活的缝隙里，将自己禁锢在电脑前码着一些文字的时候，有人觉得我的躯体是不自由的，可我的精神在文字中获得了自由，这种私密的愉悦是任何其他快乐所不能替代的。

我还是感到庆幸，庆幸这个世界还有那么多自己想走的地方，还有自己喜欢看的书和电影，还有几个志同道合的朋友。有时候甚至庆幸自己还活得好好的，有一支笔，能写下点什么。

给这本书起名字，颇费了些功夫。我想让它代表一种我期待的美好的东西，同时又想让别人一下子记住它，喜欢它。这感觉类似给一个婴孩起名字，他父母绞尽脑汁起的好名字，别人却还以为俗。

到底好不好，由它去吧。

目 录

第三辑 视听

第四辑　追忆

第一辑　当下

其实，人去赏花，不是花的颜色明白起来，而是人的心明朗起来。

小小的园

周作人先生有一本集子叫《自己的园地》，但他种的是文艺。我也有一个小小的园子，那里种着我的几十盆花儿。

其实也谈不上是园子，只是走廊角落一小块空地，大约三个平方米的样子。如果零星算上客厅两条架子、屏风的一个格子、书架上书前面的小空地、小卧室窗户下的一条窄楞子、内阳台两个小小的角以及鞋柜上的小平面，那至少得算五个平方米。

园子里有旧爱和新欢。

占着最大两个瓷花盆的是桂花和夜来香，它们芳龄二八，此处的二八是指二加八。它们是花中元老级的存在，除了身形最为巨大，还因为是随同原来的家一起搬来的，有点见证历史的意味。

桂花每年开一次，但一次开半年。在我国北方，八月桂花遍地开。在深圳，它可以一直开到来年入夏，我又似乎在各个季节都看过盛开的桂花。园子里的这株，你想起来了浇一次，想不起来了不浇它也绝不给脸色看。叶子慢慢长，花朵慢慢开，花枝慢慢变粗，像个闷头干活的男人。夜来香可就不一样，每天都得浇，超不过两天，否则就低着个头闹情绪，像个爱生气的小女人。不过，这女人是个直肠子，刚淋点水，马上就精神抖擞，忘了所有不快。

夜来香毛发颇浓，过段时间不修剪就长得张牙舞爪。有一天，我正修剪夜来香，背后响起一个大汉的声音。大约是扭头发现的，他粗壮圆润又有点轻微谢顶，还穿了运动背心短裤大秀肌肉。随后聊天知道，这豪放不羁的大汉籍贯山东。

邻居，你花养得不错啊。山东大汉说。他是住在相隔两户之外的男邻居。

我马上谦虚地说，哪有哪有啊！都是胡乱养的。

我向它们一瞥，确实是胡乱养的。没有花架子，花是胡乱摆的，并没有错综的层次；也没有几盆是开花的，大部分花期过了的，就像草似的继续摆着，有的还真长了草。

聊的都是花事，百香果爬藤快，落地生根能生养之类。末了，变成相邀三个家庭小聚，尝尝他的手艺。

在深圳的人，来自五湖四海，内有古道热肠，但外显都高冷。这邻居搬过来半年有余了，看他一家人搬进零零碎碎，在电梯里遇见，也不知道怎么开头打个招呼。但见他们侍弄起花来，从无到有，从少到多，地上摆完了，又搭起花架子，缠缠绕绕仿佛一个小花园。

有了这些花，就知道怎么开头，怎么把话头续下去了。

山东大汉说，房子不一定能久住，但住一天就要高兴一天。侍弄这些花，看着高兴。为了配合观花，他还弄了两张靠背藤椅，我坐上去试了试，很舒服，有点闲情雅致的感觉。

又过了几天，花前多了一个笼子，养着一只窸窸窣窣吃个不停的小仓鼠；还多了一个大水桶，里面养着一只男人手掌大小的乌龟。这乌龟吃荤也吃素，丢一片白菜叶进去，狼吞虎咽的。生活算是活色生香了。

不管怎么样，先生和他小聚喝酒后不久的一天，突然拿着一卷钢尺到我的园子里左丈右量，说是要给花们做个不锈钢架子。没几天，我的花们也上架了。

凤姐在我家做钟点工，是个虎背熊腰的梅州女人，这点不似大多广东女人之小巧。广东女人各个是做饭高手，她们总能发现很多与众不同的食材，令我肃然起敬。凤姐也不例外。比如，我最讨厌吃的白萝卜，她用白醋白糖泡了，竟很美味。我难以下咽的仔姜，她能做成又酸又甜的仔姜片。

她很快发现了那刚冒出头的一盆艾草，估计觊觎已久了。

那天我刚下班，她就说，张老师，你那盆艾草真嫩啊，做艾叶炒鸡蛋会很好吃。现在市场上新鲜的艾叶很贵呢！

我说，我们老家山坡上到处都是，没见谁炒来吃的。谁知，第二天晚上的餐桌上就有了艾叶炒鸡蛋。菜是好吃，但心疼。好在，过段时间，艾草子又生孙，孙又生子，繁荣昌盛起来了。

深圳这个地方台风暴雨很多，可能你刚晒上一架子衣服、一床被子，倾盆暴雨就来了。那个周末，暴风雨来得又快又猛，我们分工合作，先生上楼顶收被子，我到内阳台收衣服，避闪不及，身上都给淋湿了。

关上门，突然想起来，我的多肉！

我冲进雨里捧回千挑万选买回的白牡丹、兔耳朵，花已经饮饱了。赶紧把多余的水倒掉，期待它们能够起死回生，但遗憾的是，过了没几天，还是香消玉殒了！

多肉里活得最长寿，并且打算诞生子孙的是玉吊钟。

有一天午休睡不着，我在校园里闲逛，偶然发现一个杂草丛生的小园子，非常惊喜。用“形色识花”软件认出了红毛草、藿香蓟、基及树和紫薇等。能像蒲公英一样吹却开小紫花的原来叫一点红，小时候吃过的“酸溜溜”原来叫酢浆草。就像我回到家乡，亲友们叫我小燕儿或张大妮儿，他们并不知道我的全名。

我在这废弃园子的一块石头上静坐了一会儿，阳光洒在身上异样舒适。没有被人发现的这园子，反倒成了万物自由生长的乐土。

转身离开时，匍匐在角落里的一大片玉吊钟留住了我的脚步。青翠欲滴的多肉就那么不计代价地茁壮成长着，不需要精美瓷盆，更不需要标明身价。

摘下较小的一株，连着一些根须，带着这一点可爱的绿回到办公室，打算回家种种看。看到办公桌上同事结婚时送的手掌大心形喜糖盒，灵机一动当了迷你花盆，索性下楼弄了些土直接种下。这玉吊钟生命力极强，在方寸之地不仅长高了，养了半年之后，还在叶面的边缘长出一些极小的叶子，打算生儿育女了。这大概就是它生育的方式吧！极小的叶子掉落在土里，生出新的根来。

园子里的花各有脾性。

最喜欢喝水的是金钱草和夜来香，尤其是金钱草，得用密闭的花盆或器皿来养，最好保证水都是满满的。只是这水，不能从水龙头接了就直接浇，需静置片刻，待氯气散尽，方可使用。

最能生养的是落地生根和兰草花。落地生根长到一定程度，大叶片上开始直接长出小叶片，小叶片丢进花盆里用虚土覆盖洒些水即可。兰草花则是伸出的茎上长出一嘟噜小兰草，你摘下来将其根也用虚土覆上洒水。此花养时要和其他花盆保持点距离，因为它冷不丁就会抢占领地，一年生子数胎，过不了多久，所有花盆里就都是它的子孙了。

室内最好养的是绿萝和如意。如果你将白掌（也称一帆风顺）种在一个大大的总能吸到水的花盆里，它也算好养。如意和白掌好看，但不能生养，绿萝则可以一生二、二生三、三生万物。只要有水，厨房里碎了盖子的玻璃储物罐，小孩子吃完的塑料饼干罐都可以装了水，放两支随意摘下的绿萝。类似《无风荷动——静参中国茶道之韵》中冷香斋主人饮茶，未必非用紫砂壶，玻璃杯亦可。

最有个性的是小桑树。作为一个北方人，我喜欢看见北方树木在秋天凋零的状态，整个山岗显得纯粹、辽阔。在南方，所有的树木都没有休息的时间，就像这里的人。它们只在春天象征性地掉落陈旧的叶子，其余季节则拼命生长。可是小桑树，仍然保持了自己的生长习惯。春天发芽、长叶、结桑葚，秋天枯萎，冬天则凋零得光秃秃的。就像有些入乡但不喜欢随俗的人，虽自得其乐，但总让人觉得有些清高。

搬家之前住在灵芝新村的出租房里，前任租客在窗台留下一棵仙人掌模样的小植物。住进去的第一天，看它被抛弃且缺水许久，赶紧先浇满水。谁知当时一根中指长的小家伙，不仅活了，到我们八年后离开时，竟长到窗台顶部，有将近两米，且发出三四根骨头样的分叉，还开出小小的花来。

迁徙的鸟们，要搬的东西太多，实在不方便。对于要不要带这怪植物走，自然起了争执。先生认为，前任主人都丢弃的东西，可见不是什么名贵植物，且浑身长满了刺，加上这么高的一盆，多难搬啊！

我上网查了下它的出身，原来是巴西龙骨，属金虎尾目大戟科。花语是“独占鳌头，各领风骚”。我说，这名字多好，这花语多好！我少带两件花衣裳，把它带上吧！

结果是，那一位同意从龙骨顶端摘下一个分叉，移栽到新家里。但是新家没来得及买花盆，又变成先迁就种在楼下花坛花丛中。巴西龙骨倒是随遇而安，在新的家园很快生长。大约是没有束缚在花盆中的缘故，长势惊人，简直是一天一个样。把它种到楼上的想法也就作罢。

一忙起来，就忘了自己还有株植物悄悄种在花坛中，也忘了去看望它。去年，深圳迎来史上最大台风“山竹”，我在屋里透过落地窗看外面鸡飞狗跳。几辆私家车被吹得移了位，树断了不少，风呜呜地吹着吓人的哨子。突然，啪的一声，客厅里花盆又碎了一个。

风停雨住后，下楼去看，小区里简直变了模样。心疼那些种下才几年的树，几乎都被削了顶。

又过了几天才想起，巴西龙骨呢?

我快速走到那个花坛中，很明显就看到快一米长的巴西龙骨被连根拔起，整个枝干都失水了！它死了！我用手抚摸着它，非常难过。忽然，我发现，在它顶部还有一个绿色的小疙瘩，似乎是之前萌发的新芽。这个小疙瘩还有饱满的水分!

我将这个只有一截手指头长短的芽小心摘下，找到一个花盆，铺满松土种下，然后又淋了一些水。

现在它已经长得有一尺有余。看到它，总让人想到它不屈的生长史。

养的花多了，便开始有了牵挂。出差时，总惦记着家里的人有没有分类别给各花浇水。一家人出游时，又担心没人浇水怎么办。每次外出回来就像救火一样，但仍免不了死一两株。我开始理解父亲，每次让他来深圳玩，他就说，他的玉兰树、辛夷树要浇水。他的树们种在山坡上，旱的时候要自己从山上的井里打水浇。

这一次出行云南，决定让山东大汉帮忙浇水。他爽快答应。

在大理苍山清碧溪里洗手的时候，抬头看到临近溪水的小山坡上长着一株极清丽的小花，叶片似夹竹桃般修长，花朵似桃花，又似水仙，是淡淡的紫、淡淡的粉融合淡淡的白，清新脱俗。脑海里冒出《红楼梦》里写探春的几句话：俊眼修眉，顾盼神飞，文采精华，见之忘俗。难怪文人骚客总是用花来形容美人。我被它的美打动了，只是呆呆地看着它，呆呆地。它静静地看着我，似在微笑，又似在用眼神里的柔波问候我：你还好吗?

关于深山赏花有这样一个烂熟的典故。说是王阳明和一个朋友同游，看到山中花树，朋友质疑花们自开自落，与己无关。王阳明回应道：你未看此花时，此花与汝同归于寂；你既来看此花，则此花颜色一时明白起来，便知此花不在你心外。其实，人去赏花，不是花的颜色明白起来，而是人的心明朗起来。

想起李银河给丈夫王小波所作的序，她说，王小波的写作既不歌颂，也不批判，在另一个领域，即纯粹的对美的追求。种花的人，也算纯粹的对美的追求吧，譬如山东大汉，譬如我。而花的存在，则纯粹是美的展示了。

楼下

入夏以后，去楼下的“钱大妈”超市买菜，先是发现了带着湿泥土的花生，欢欢喜喜买了回家。先生说，这土都有半斤了。后来，又一次去，几株莲蓬，正摆在香芋南瓜、板栗红薯的旁边，好像粗服乱头的村妇身边突然站了窈窕俊秀的江南女子。买了两株，放在客厅茶几上本雅明的《单行道》旁边，看书的时候这莲蓬可以杀杀书里的傲气。“钱大妈”卖文昌蛋，拿起鸡蛋的时候我想起韩昌黎，或者南阳诸葛亮、西蜀杨雄之类。一种鸡或鸡蛋出名的时候，跟人没什么两样。

我有点迷上买菜了，这样的后果是，我家的早餐常常是一锅粥，粥里煮着板栗红薯，蒸锅里上面蒸的是香芋南瓜、手工馒头、姑姑寄来的腊肠腊鱼，下面煮的是湿花生或者甜玉米，再涮一盘青菜。吃饭的时候放几曲高胜美或凤飞飞，便唯心地回到了那个中原小镇。

这几天楼下开了个“丽雅阁”，一家美容美发店，店名用繁体写着，我没有去光顾过。路过的时候，我注意到贴在透明玻璃上的营业时间：

正常开门：9：30

睡过头了：10：00

旅游去了：不开门

泡妞去了：不开门

正常打烊：22：00

姑娘太多：23：00

有美女：不打烊

全是爷们：提前打烊

在贵州凯里西江千户苗寨的街头，我见过类似颇具烟火气的告示。这店主人，我猜是个行者，至少是个活得有趣的人。

蔡澜说，平稳的人生，一定闷。我受不了闷，我决定活得有趣。王小波说，一辈子很长，就找个有趣的人在一起。那怎样是个有趣呢？王小波这个人，据他自己说，不管到了什么地方，一定要首先学会当地骂人的话，以免别人骂他他不知道，还自称脏话专家。王小波去世后，李银河说，她觉得她生命中最大的收获和幸运就是，她挑了小波这本书来看。她从 1977 年认识他到与他永别，这二十年间她看到了一本最美好、最有趣、最好看的书。前几天追一个旧剧《欢乐颂》，医学博士赵启平嫌弃女朋友曲筱绡没文化，但曲筱绡古灵精怪，很有意思，所以最终和好。

我等凡夫俗子，既不是书中人，也不是剧中人，在茶米油盐之外，有点自己的时间发发呆、看看书、追追剧，已是莫大享受。

每天黄昏，会有一个中年女人在小区五栋前的空地处独自跳舞。她长得并不好看，常常穿一个紧身上衣、一个大裤头，自带音响，有时跳的是民族舞，有时又像是伦巴。第一次看到的时候，我觉得碍眼。二栋前面明明有集体广场舞，大家还穿着统一的红上衣、黑裙子，为啥不一起跳呢？

和我有一样疑问的人应该不在少数，说是有人到物业管理处投诉了这个女人，认为她一个人在这里搔首弄姿，有碍观瞻，甚至怀疑她是不是精神有问题。听到这个消息，我反倒为她愤愤不平了，如果你走路不好看，是不是也有碍观瞻，不能走进小区的大门了呢？如果你长得不够靓，是不是也有碍观瞻，不能出现在大庭广众之下了呢？

总之，这个女人一直都这么跳着，每晚如此。每次看到，我都想起王小波那本书的名字《一只特立独行的猪》。

这样特立独行的人小区里还有一个。二栋前的广场舞队伍里，经常有一个男人站在队伍边上跳舞。我观察过他的舞姿，娴熟、优美，与身边的众女士无二。就身材而言，他要比身边这些中老年妇女要好得多。

混在众人堆里，自然是安全的，因为总有人比你更差。但也是危险的，你会忘了自己到底想要什么。前几天刷手机，范晓萱不再脖子扭扭、屁股扭扭，终于开始唱自己喜欢的摇滚了。又看到电影演员张曼玉，也唱起了摇滚。电影《东邪西毒》时代，张曼玉、刘嘉玲、林青霞都是最美的时候，但那美，是给观众看的。当张曼玉唱起了摇滚、刘嘉玲做起了生意、林青霞写起了书，她们才开始活给自己看，美给自己看。

忽然忆起那个午后，学生时代的我到武汉大学东湖新村宿舍楼的顶楼晒被子。被子搭好后，我环顾四周，空旷无人，只有我和我的影子。我忽然生出一种想要旋转的感觉，于是我就闭上眼睛旋转了，很轻盈、很晕眩。我想，这也是我的独舞了吧，避开众人的独舞。

歌手窦唯在他的摇滚歌曲《高级动物》里，结尾部分不停地追问幸福在哪里。对于窦唯而言，想唱就唱，不想唱就不唱，搭地铁纯素颜不怕被人认出也许就是幸福了吧！

这几日，那个女人并没有在平时独舞的地方出现，我忽然感到失落。

没事的时候，我喜欢在楼下乱走路。

后门出去，有两座不大的山，有一座山上胡乱种着些荔枝，然后就是疯长的芦苇和野花。还有一座山的半山坡被我们这个小区勤快的人开垦做了菜地，仔细看了，有长豆角、倭瓜、空心菜、莴苣等。这段时间雨水多，长豆角长得很茂盛，淡紫色的花朵和长条的果实一起挂在竹架上。倭瓜的大黄花泛滥地开着，预告着随后将有许多硕大的果实诞生。也有人像陶潜先生似的随便种，草盛豆苗稀。还有人似东坡先生，种了一小丛竹。

有一次正碰见一个老妇在她三四平方米的小园子收花生，我问她花生长势如何，她递过来一把，让我尝尝。我伸手拿了一颗，新鲜的泥土落在我手上，剥开白嫩的壳，里面正有两颗粉色的花生调皮地躺在里面。嚼一嚼，脆，多汁，有久远但亲切的泥土气息。

还有一次，我驻足凝视一个中年妇女采摘它翠绿的麻叶，那些麻叶秆有七八岁小孩的高度，却像多产而丰腴的女性，自上而下长满了可以食用的叶子。路过的一个妇女和她搭讪，两人的话题围绕麻叶展开，说是这个菜好吃，说是老家很多，这里市场上很少看到有这种菜卖，偶尔有，也贵到了八九块一斤。

有一个早晨，我在绿道上走路，发现一条小指粗细、一拃来长的蚯蚓在蠕动，可能是在水泥地上行进的缘故，它的速度非常缓慢。慢归慢，大概世界那么大，它也想去看看。待我走回来的时候，发现它并没有穿越那条水泥路，而是努力向旁边一个小水坑爬去。它的身体弯成U形，像一个殉道的朝圣者般虔诚。在城市里的蚯蚓，也许和城市里讨生活的人一样，要忍受远离家乡、远离泥土的不适，去追求那一点点所得吧。

初春的一次，我走到了一家草莓园，他家在山坡上的芦苇丛中插了一个硕大的牌子，上面诱惑地写着“草莓熟了”。这草莓园既有草莓，也有圣女果和大青枣，还有几只走地鸡。老板是一个高瘦的男人，他每年半年经营草莓园，半年回家种田。他自称有一个老婆子，不过我没见到。在草莓熟了的季节里，我每周去摘一次果实，有时是草莓，有时是圣女果，有时是枣子，也顺便向老板讨两三个走地鸡的鸡蛋。这样的采摘让我内心踏实。

有一次我跑步去，运动衣的口袋里随便装了点零钱，买果子欠了老板两块钱，他说不要了，我说得要，下次拿来。结果，我接连三周都忙碌，没有去，再去的时候老板已经在房门前插了栅栏，歇园了。于是，每次路过这里，我都要想起自己还欠人两块钱。

有时我去楼下的公交站台乘车到友谊书城买书或百誉影城看电影，不过十几分钟的车程。也会乘沃尔玛的免费巴士到商场购物，也只需要十几分钟。坐车而非开车的好处就是，你的眼睛可以到处看，也可以什么都不看。那个巴士的司机长得粗壮，有点酷，偶尔和乘客聊家常。

我喜欢这距离，万物不在我身边，但我需要时可以走向它。这距离类似梭罗所满意的和他邻居的距离，或者朋友的距离，比如相隔一片湖面，互相看得到，但并不腻在一起。

最近雨水有点多，我不能时常走到楼下去了，但也可以翻开一本有趣的书，看看别人有趣的生活。这一次翻开的是英国作家玛琳娜·柳薇卡的《乌克兰拖拉机简史》，一个八十四岁的老男人爱上一个大胸的三十六岁女人，他给这个见钱眼开的性感乌克兰女人写情诗，买汽车，并为她争风吃醋。谁说不可以呢？

江湖人物志

在这个世上，我用母亲给我的这双大眼睛看山、看水，也看人。瞧瞧这些有意思的人吧！

一　何师傅

调到这所中学的时候已是秋季开学的前一天了，匆忙地跟校长报了到，便到大办公室里属于自己的那个小格子间收拾起来，这就难免要与何师傅打交道。因为他似乎在你着急的时候总能帮上忙，何师傅——大家教我这么称呼他，于是便在我的生活中时不时出现。

他长得矮胖，稀疏的头发，头皮上还有一块相当明显的伤疤。从外形上推断，年纪应在五十岁左右。可我这推断有一次似乎要被推翻，那次去找他，见到一个帅帅的小男孩在他办公室里做作业。随口问了，竟然是何师傅的儿子。要知道，我原以为，他是一个单身汉，无家无口，所以钉在了学校，让人什么时候都能找到他。

他大概是学校的门锁修理工吧。我要办公，首先得要一个能装材料的柜子，大家说找何师傅。果然，何师傅给我送来了一个旧柜子，然后又把三把钥匙交给我。可我，根本就不知道狡兔三窟，三把钥匙放在一起，人又爱丢三落四，不久就一起丢了。现在一年多点的时间，我因为找不到钥匙需开锁就麻烦了他三次。每次，他拿了钳子之类的工具来，拆旧锁、装新锁，始终微笑着，不见半点厌烦，很快又有三把钥匙给我了。直到有一天我突然觉醒，觉得再也不好意思麻烦他了，就拆了钥匙分放三处，希望不要因为钥匙的问题再麻烦他。

他大概是学校的保管员吧。每到逢年过节，学校都会发个统计单子，问我们是要油米、还是要水果，这来发单子和最后发慰问品的人总是他。你放学后去找他，他总在。你周末才想起要去拿，打个电话，三分钟后他也就到了。仍然是笑眯眯的，给你搬东西，做好登记。他的话那么少，只是在做着各种该做的事，以至于我有一段时间以为他是个哑巴。全学校的报刊也是他发放的。每次看到他来办公室，都是推着一个车，上面放了每天的新报纸，就这样逐个地发着。这样的活干完也得花个两小时吧？

他连带也会给我们送信。我的几张稿费单，都是他给我放到台面上的。按理说，这不是他分内的事吧？前几天，一个朋友在《南方日报》上出了专版，知道的时候已是下午四点多。这个基本从不开口让人帮忙的朋友请我帮他找这份报纸，心里紧张着，着急着，忽然就看见了推着很多东西出现在眼前的何师傅。问了他，他又微笑了，说有一份。去了他那个简单狭小的办公室，果然就找到了，打开来，那个专版也在。我喜形于色："您看，您看，就在这里！"何师傅也认真地看了，非常开心，好像完成了一件非常伟大的事。

他能做的事很多，什么班牌坏了要找他，教室的桌椅坏了要找他，据说他还是学校的电工、钥匙保管员。有一个同事说，何师傅很能干，你有什么问题只管找他。确实是这样，我曾经因为教室要贴梅兰竹菊的画需起掉一个钉子，向他借钳子，他是从电工房里拿出来的。

学校里有一个不大不小的鱼池，里面养着各色鲤鱼。我有时会带着三岁的儿子来喂鱼。每次的鱼食不是面包就是他的小饼干。这一天，我静坐在鱼池边上，看小家伙兴奋地喂着鱼，听他跟我说哪条鱼最聪明，哪条鱼长得最结实。看见何师傅从办公楼里出来了，起身，跟他打了个招呼。何师傅看到小康在喂鱼，难得开了口："要鱼食吗？"他带着我们去了另一个堆了很多杂物的小房间，拿出一个鱼食袋子，又拿出一个小塑料袋，倒了许多，然后递给了小家伙。儿子看到那些极小极小的类似小馒头的鱼食，兴奋地跳起来。道了谢，继续去喂鱼。看着他如此开心地给鱼洒着食，我心中感激万分。

同时，又想着，除了这里的人，这里的鱼也离不开何师傅了吧？

二　秦大娃

秦大娃，是一个五十多岁老人的名字。那有什么办法呢？我们这里的人从他几岁时叫他秦大娃，所以就一直叫下去了。就像我，因为是父亲的第一个女儿，所以从我记事起人家就叫我张大妮儿，现在每次回来，大家还这么叫。

秦大娃，他每次出场的标志性行头是一个装着大粪罐子的架子车，上边挂着两个粪桶，一个长柄刮粪勺。现在你知道了，他是个刮粪的。

那天我陪父亲母亲散步，看到了秦大娃，头发乱蓬蓬的，穿着白背心大裤头，浓眉大眼的，似乎有种粗犷不修边幅的美。只是，远远的就传过来一股臭味，我看见周围走路的骑车的都绕行，似乎他也是一坨大粪。父亲跟他招呼着，说家里的粪该刮了，找时间去刮。他憨笑着，说一会儿就去，然后拉着架子车带着他的臭味远去了。

我问父亲，现在这生意能赚钱吗？他说，没人肯做这活儿，整条老街他一个人独门生意，赚得也不少。以前是刮粪的人掏钱买粪，现在种田的人少了，对大粪的需求减少了，变成了家里有传统茅厕的人掏钱让人来刮粪。

母亲说，他是个高中毕业生，有一手好字呢！家里茅厕旁边那些粉笔字就是他写的。我忆起了，那里墙上确乎写着“一桶六毛钱，刮三桶送一桶。祝大哥大嫂新年愉快”等字。字迹确实清秀俊美。

母亲说，别看他现在邋遢，吃场（我们称吃红白酒席为“吃场”）时会洗个澡，理好头发，穿上白衬衫。不过，人家还是不愿意和他坐在一起。他自己也有媳妇，跑了。剩下一个儿子跟着他，也有二三十岁了吧。他说儿子不愿意他干了，可他说不干这个干啥呢？趁年轻再干几年。

我带着好奇听下去，心想，世上一个再卑微的生命也是精彩的，我不应该怀疑他也会结婚、生子，也有几门子亲戚、一些朋友。

父亲说，别看他老实，也会耍些花样呢！有一次，他以为我没看见，把一个半桶算作一桶了，也就三毛钱的事，不想计较了。

我说，要是没这个人，恐怕大家都要自己刮粪了吧！

父亲说，可不是。谁都嫌脏，就是一桶一块钱也愿意出的。

我笑说，那他比我重要，因为他干的是人家都不愿意干又没人干的活儿。

三　阿伦

阿伦是“GL”美发店唯一的洗头师兼美发师，我认识他十余年了。

十年前我刚住进这个小区，第一次走进他的美发店。他说，做头发？我说，修刘海。怎样修？齐的。

对于陌生人，我的语言一向简短，或者能省则省。

阿伦的动作非常娴熟，至少在我所经历的理发生涯中，他的动作是最快的。他喜欢用一把剪刀修剪所有发型，这代表一种自信。不像有些理发师，拿了推子、削薄头发的器具之类，在你的头上捣鼓半天，一边捣鼓还一边问，这样行吗？这样问的理发师，充满媚态，想讨客人的欢心。可我不喜欢，我要自信的理发师。那种理发师很专业，能看准一个人的脸型，能感觉到一个人的气质，能充分发挥联想和想象，下手稳准快。阿伦的话不多，这也符合我的意思。一个人话说太多了，脑子里的能量就少了，就会越来越笨。话多的人太透明，太透明的人没意思。

我算不算一个挑剔的人呢？在踏进阿伦的美发店之后，我没有再去过其他家。每次，他看到我进了店门，问清楚我的要求，便开始快速修剪。我结了账打了招呼就离开。

去的次数多了，跟阿伦渐渐熟了。他问我是做什么工作的，觉得我这个人很有意思，说我走路从来目不斜视。他在店门口看见我，我从来都看不见他的。我说我跟脸上有青春痘的男孩女孩打交道。他说，哦，怪不得呢，你是老师，看你很文气呢！我说，你看起来很酷。他笑了，笑容很可爱。

想来阿伦和我一样，对陌生的人有一种戒心，一旦放下了戒心，倒也是个健谈亲切的人。他喜欢他的职业，对头发有着独特见解，对于美发颜色和用具运用自如。这个店是一个老板娘和他共同开的。十几年来，阿伦一直在这里，小区里许多居民成了他的熟客。如果阿伦外出学习或者休假，大家都会等到他回来再弄头发，比如我。

过了年，我一直等着阿伦回来，我想换一个头发颜色——我想多点尝试。即使我是一个需要站在讲台的老师——这有什么关系呢？

阿伦终于回来了，我们像是老友了，见面竟有一些惊喜。

阿伦从老家给我带来肇庆的特产碱水粽——一个特大的可供一家人品尝的粽子。我让儿子准备了许多巧克力和糖果，送给了他，算投桃报李。

尘世间许多人的交往都像蜻蜓点水，湿了一点翅膀，很快就被太阳晒干了。但是蜻蜓曾经在水面上看到过自己的影子，水面曾经飞过那只蜻蜓，这都是真实发生的事，谁说不是缘分呢？

语言暴力

在武汉时，每天早上的美梦会被楼下一个说着湖北话的老太太吵醒，听不懂，叽里呱啦的，似乎是气愤难平，大概是骂什么人，从太阳未出即开始，直到“好鸟相鸣，嘤嘤成韵”还不停歇。于是，骂人声与鸟鸣声一唱一和，倒也十分有趣。

有一次乘413路公交车，正赏着路边风景，车上忽然起了战斗。俗语说：“好男不跟女斗。”此言差矣。仍是两个湖北人，一男一女，似乎是男的不小心碰到了女的，两人破口大骂。语速极快，不辨词句；气愤难平，断难熄火。下车时，我装作无意看了一下这对男女，果然愤怒会让美女帅哥变得面目狰狞。

易中天在《读城记》中说，武汉人骂人的“水平”，大概算得上全国第一。在武汉生活四年，始悟此语真乃一针见血。武汉的冬天极冷，夏天又极热，天气还经常变幻莫测，居住在此长久了，不可避免情绪失控，眼见着，自己的脾气见长了。

所幸，在形神还未俱损前到了温文尔雅的深圳。身材瘦小的广东人却深得温柔的奥妙。不管家是安在富人区还是贫民窟，甚至是在杀鸡宰鹅的市场前，先要把屋子收拾利落了，然后在门前摆上花花草草。常见三三两两的广东人围坐喝茶，地点并不优雅，但悠闲地喝着，小声地谈论着，也有无限的自在。也常见贤惠的广东媳妇，从不与公婆吵架，背着婴儿做小生意，家中总是咕嘟着一锅好汤。

怪不得孟母要三迁，凡俗如我等，很难做到“心远地自偏”，所以居住环境是如此重要。耳根清净了，眼前清洁了，自己也不免想追求进步。可是，并不是每个人都愿意“见贤思齐”，生在别处活在此处的人很难改变已有性情，在哪里都能居住得如同在家乡，那是一种高境界。

常有楼下的中年妇女呼朋引伴，高声谈笑，夹杂着爽朗的脏话，全世界都听得到她们的欢乐；在夜里与自己的男人吵了架，大声叫骂，大声哭泣，全世界也都听到她们的悲伤。这是河南女人。于是，童年时，父亲母亲吵架的情形在脑海中重现了。父亲黑着脸，母亲哭着，左邻右舍劝着。可放到现在，应当无人再去解劝了。大家懂得了尊重隐私，但也含了要看一出好戏的意味。去年冬天，回了郑州一趟，住在一个朋友家。朋友说，住在他们楼上的一对夫妇，每到深更半夜便兴致盎然地大吵大闹，摔碟子摔碗，全然不顾家中几个月大的婴儿和第二天还要上班的邻居。忍无可忍中，她无奈地写了一封信，信中言辞恳切地说，即使为自己的孩子考虑，可否考虑改变一下吵架的时间？降低一下打架的力度？

因为工作性质的关系，自己也经常难免“施暴”和被“施暴”。人之患在好为人师，人之患更在已为人师。偌大的办公室里，常有教师歇斯底里地教育品行出了问题的学生，短则三五分钟，长则个把小时。不管是当面教育学生的还是打电话教训家长的，同屋里的人都得一同受着。也有家长到校和孩子一同哭着的，即使心态再好，情绪能不受一点牵连？

孔子说“君子欲讷于言而敏于行”，老子说“大音希声”，不知何时能够达到这个境界？

此汤与彼汤

一日下午接到一朋友电话，说另一朋友出了书，请大家吃饭。饭怎样吃，我不关心，关心的倒是那书，够不够配饭味。

饭桌上忍不住打开了，掀到的就是《一锅汤，一辈子》。对于广东人来说，第一要务就是汤事啊！谁家的女人能干就看煮汤的功夫了。读着读着，商汤以厨子之艺辅助治国出来了，广东女人的浪漫也出来了，还建议当老师的也变成一个对学生有耐心的煮汤师傅。可以归结为：为了我们各自的梦想，大家都来煮一锅汤。接下来的两天，我很快把一本厚薄恰当的书给看完了，整体评价是一锅火候十足、味道醇美的靓汤！

如果说锅里煮着的汤是美胃佳肴，那么让人会意的书便是美心佳肴了，我当即“御封”那位朋友为美心人厨。还有一种汤是美肤佳肴，是自然界赋予我们的，那便是温泉。据统计，中国十大温泉度假圣地里，广东省就独占三处。而伺候广东省三八妇女节里佳丽们的正餐里，也基本上有这一条目，可见得出女人们的美丽被单位和家庭所重视的程度。其实湖北人也不能不提，因为湖北籍的李时珍在他的大作《本草纲目》

中不仅关注万千动植物的药用价值，还对矿泉进行了分类，成为我国最早的温泉分类学者之一。还有一个地方的人也不能不提，那便是陕西人，在境内有着“天下第一温泉”之称、跟帝王有深厚渊源的华清池，却低调得很，喜欢就着凉皮吃白吉馍夹腊汁肉。如果总结一下的话，全中国人民都应该了解汤，因为不仅盛产美容护肤品和各种泡菜的日韩民族喜欢泡汤，而且如果什么都想争第一的话，中国发现温泉据说在《山海经》中就已经有记载，不比别人晚。再补充一条，这种汤还可以煮菜、煮鸡蛋，绝对的天然、无添加色素、防腐剂，一点也不比用锅煮出来的差，追求健康饮食的你不容错过。

汤是天然的，但泡汤的人可是五味杂陈了。从体形上来说，有胖有瘦；从味道上来说，有香有臭；从心情上来说，有享受的有解闷的，可能还有满足窥探欲的。

第一次看见汤是在我五岁的时候，全家陪同父亲在西安治病，我稚嫩的眼睛看见了华清池，心里一点波澜也没有，迄今只记得是一个大池子。第一次泡汤是在湖北孝感的汤池温泉，和出版社的一帮男女同事为开新年选题会去的。总觉得大家平时穿了各种衣服遮遮掩掩的，一旦要光天化日地坦诚相见，有点拉不开脸面，于是紧张得出汗了。后来读《圣经》才发现，上帝判断亚当、夏娃不纯洁并惩罚他们的原因就是他们要用树叶遮挡身体。突然顿悟，如果你在意念上是纯净的，那么穿不穿衣服都不重要。于是，再看欧美电影时，男女主人公在海里裸泳或在沙滩上裸奔，就觉得自然了很多。再在温泉边看到像饺子一个个下到汤里的人们时，也坦然了很多。人本就是自然界的动物，为什么小的时候可以光着身子欢呼雀跃，长大了就得包裹得那么严实呢？

忽然想到了“泡汤”这个词，是不是跟人的泡温泉体验有关呢？泡着泡着，身体化了、心灵也化了、自然万物都化了，所以什么都没有了。不管这个联想是否有牵强附会的诗意，今春的泡汤事宜又临近了，且让我在此汤与彼汤中迷失吧！

为老鼠说点公道话

早上起来，倾盆大雨，我站在阳台上观雨势，以选择合适的时间出门，突然发现，放在阳台上的老鼠笼子里关住了一只中等个头的老鼠。平时老鼠见到人，都是抱头鼠窜，人们也是个个喊打，难得看到它们的真面目。趁着这点空闲，我观察起它来。

人们喜欢用“贼眉鼠眼”这个词，首先观察一下“鼠眼”吧。它的眼睛像两颗黑豆子，圆滚滚、亮晶晶的，直盯着我看。它的耳朵直直竖起，有着圆圆的美丽的弧度。尖尖的下巴和嘴巴，显出一副很机灵的模样。全身的毛梳理得很顺，也很光滑。抛开人类对鼠族莫名其妙的厌恶不说，它整体上算是一个挺标致、漂亮的家伙。

开始，我和它对视的时候，它瑟瑟发抖，极端恐惧。慢慢地，看我没有拿它怎么样，它就抖得没那么厉害了，但还是警惕地看着我。我对它产生了浓厚的兴趣，脑袋中冒出了很多个疑问：鼠是什么时候诞生在这个星球上的呢？会不会比人类还要早？人为什么这么讨厌老鼠呢？正想着，雨下小了，我看看时间，得赶紧走了，于是拿了一把雨伞出门。

到了单位，我迫不及待打开电脑，在网上搜索“鼠”。搜索结果显示鼠是哺乳动物的一科，它的门齿终生持续生长，常借啮物以磨短，繁殖迅速，种类甚多。“门齿终生持续生长”，怪不得它们经常会咬坏我们的物品，如果让一只老鼠的牙齿终生生长，会是什么情形？它将不能吃东西，不能爬行，也住不进它的洞里了。这么一想，咬坏人类的东西，是不得已啊！鼠肚鸡肠、鼠目寸光、鼠窃狗盗、胆小如鼠、过街老鼠……我们所创造的这些贬低老鼠的成语，不过是在强调老鼠的生理属性。为了生存，它们又有什么错呢？

在甲骨文中，已经有“鼠”这个字，看起来像是一只小老鼠在张嘴啃咬东西。这说明，老鼠在我们祖先生活的时代已经存在，它们爱啃东西也是自古就有的事。唯一让鼠族自豪的应该是它们在十二生肖中江湖老大的排位了。关于十二生肖的排序，还流传着一个有趣的神话传说。话说轩辕黄帝要选十二种动物担任宫廷卫士，猫托老鼠报名，老鼠给忘了，结果猫没有选上；大象也来参赛，被老鼠钻进鼻子给赶跑了；其余的动物原本推牛为首，老鼠却窜到牛背上，提前到达。于是老鼠就排在了第一，牛屈居第二。另外一种解释是，古代天文家观察天相，根据十二种动物的生活习性和活动的时辰，将夜间 11 点至凌晨 1 点首先出来活动的鼠排在第一位。这样看来，老鼠不仅聪明伶俐，而且“咬”开了混沌的天地，被称为“子鼠”。

还有一件好玩的事，所有的鼠，统称“老鼠”，不管是大是小。所不同的是，小的就称“小老鼠”。想起跟“老”有关的一些词语：老本、老手、老练、老到、老早、老江湖、老将、老辣、老牌、老油条……恍然大悟，人在讨厌老鼠的情绪之外，一定也对它们佩服得紧。

人喜爱能为自己服务的、对自己生命不造成威胁的动物，而厌恶自己掌控不了的、经常给自己添麻烦的动物，本是常情。只是，如果我们不是人，而站在公正的立场看，那么就会觉得人才是感性大于理性、情绪化严重、最欠公平公正的一个物种。

一棵树的处世之道

周日上午，在深圳大学听陶涛教授的古诗词格律讲座，如坠云雾。中午吃过饭，我还在为那些复杂的平仄、韵律等头晕目眩。下午的讲座开始前，我便在美丽的校园中闲逛，以修补死了无数的脑细胞。

正午时分，暑气正浓，好歹有绿树繁花装点各条小径，倒也不觉难以忍受。漫步到图书馆附近时，忽然，有几棵榕树吸引了我的眼球，同时吸引我的还有在树下崩裂开的水泥围栏和水泥板。我忍不住将双脚移到了它们跟前，想看个究竟。

只见两三棵两人环抱粗细的榕树并肩而立，每一棵都在空中垂下无数枝条，许多粗大的或细小的根长出地面，撑裂了原本打算束缚它们的水泥围栏。不仅如此，连根部附近的所有水泥板也变得起伏不平，有的还裂开了。而它们彼此的根又互相缠绕，爬上树枝，分不清到底是哪条树上的根了。我的精神为之一振：多么亲密、霸气的一家子！

作为一棵树，怎样才算是成功呢？庄子提供的答案是：“人皆知有用之用，而莫知无用之用也。”也就是说，无用便是最大的用处。对于一棵树而言，长得足够大，却又不会让任何人起动它的心思，这便做到了成功。

在南方的山间、公园或较老的社区里，你常常会看到榕树的身影：身材高大却不挺拔，枝枝杈杈上伸出若干触角垂在空中吸取水分。它盘根错节，尽可能地向深广处占据领地。当你抬头，它或肥厚或小巧的叶遮天蔽日，那叶绿得耀眼，绿得让人生出一种无名的感动。

榕树为桑科榕属乔木，原产于热带亚洲。它枝条上伸出的根叫“气生根”，“气生根”深入土壤后生成的新树干叫做“支柱根”。它“独木成林”的本事无树能及。我国的福州市和温州市均将其定为市树。

有人说，杨树是树中的伟丈夫；有人说，柳树是树中的奇女子。如果要选取一名树中智者的话，我愿意把手中的票投给榕树。它从土壤中和空气中尽可能地吸取能量壮大自我，它的枝干虽粗壮却无法当做任何木材使用，它生长缓慢，却可以用温柔的力摧毁一切试图束缚它的障碍物。

骑车记

教师节那天，第一次在深圳宝安区的自行车道上骑了车，感觉很奇特。本来担心自己已经丢了十来年的技艺，有点不敢上路。但是，人往车子上一坐，脚在脚踏上一蹬，车子竟平稳前行了。这一天，路况不熟加上红绿灯太多，不足三公里的路程硬被我骑了三十分钟。

接下来的几天，人车合一的感觉越来越明显，我又变回一个骑车高手了。哪里路不平，哪里有障碍物，哪里会突然冒出车来，基本已了如指掌。骑在车上，自如地左右突围，飘飘然之间充分满足了自己的控制欲。

突然想起曾经的辉煌骑车史，还有那些名字已变得非常陌生的自行车品牌。

大概是七八岁的时候，我、小九儿、小妮儿、苗二姐等五六人，策划了一次远行，工具是家里父亲那架永久牌“二八”自行车。人刚有车子座高吧，屁股肯定是无法上去的。想要车走，要左脚先踏上，往前猛劲一推，右腿迅速掏进高高的横梁下，让脚落在另一个脚踏上。远行的目的地呢？是离小镇十公里远的向东公园。就这样，腿别着，愣是骑了一个多小时，几个大大小小的孩子到达了那时能想到的最美的地方。

十二三岁时，骑上了小一点的凤凰牌“二六”，是从母亲那里讨来的旧自行车。虽说除了铃不响到处都会响，但好歹是自己的交通工具，可以骑车去上早读和晚修。不久又有新麻烦，有一些调皮捣蛋的男同学，经常去拔气门芯儿，或者扎破轮胎，我只能推着车回家。后来看王小波，庆幸他们当时没看过，否则对于怎么破坏轮胎又有很多高明的招数。过了一段时间，干脆不骑了。

高一那年，有一个周末，我脑海里诞生了一个宏伟计划：骑车回家！我约了同是住校生的女伴马海龙，借了两辆自行车从县城骑二十多公里路回镇上。我们起了个大早，吃得饱饱的，装上水和打气筒沿着乘车的路线上路了。两个花季少女，说说笑笑的，边骑边欣赏路旁美景，看起来挺拉风的。一开始，不停说笑。慢慢地，有点体力不支了，就不敢乱说话了，只是铆足劲儿骑。离镇上还有五公里路，有一辆车胎爆了一个，于是两人推了一二公里路，找了个小店补车胎。骑了三个多小时，终于望见了熟悉的小镇，我还以为一辈子也骑不到了呢。那天中午到家，吃完饭后倒头就睡了，一口气睡到第二天早上。

…………

骑车的经历到此为止，因为它能到达的距离毕竟有限。交通工具变为汽车、火车、飞机，人也开始在滚滚红尘间游走。以前的疯小孩、疯丫头慢慢长成了大人，那些记忆也慢慢远去。

夜幕又降临了，我骑了车回家。全铝合金、红白相间的车身，优美的造型，轻便舒适。可骑车的我，再也不是当初的我了！

南国花事浓

深圳是一个神奇的地方，你来这里的第一年，拼命想离开；第二年，觉得勉强可以忍受；第三年，你突然间发现自己有点恋恋不舍了；到了第四年，可能就不愿意再挪窝了。你每天都琢磨着，怎么赚足够的钱，在这个永远有着青春容颜的城市安家落户。

深圳就像是一个挺时髦的邻家女郎，你最开始看她不顺眼。时间久了，有一天你突然发现，在她的光鲜之后也有朴实和纯真的一面。于是，渐渐生出好感了。

来到深圳的第一天，是2007年的年尾，我在“中部崛起”的那些城市中的一个，刚经历了草木凋零，万物萧瑟，对突如其来的满目的绿很不适应。但一开始便爱上了马路两旁清秀挺拔的棕榈树。这种树，叶子像一个男人健壮的臂膀，虽不繁盛，但却充满了力。这种树，不开花，不结果，让你觉得它的存在就是为了给世人一个警醒：要热爱生命。

亚热带海洋气候，不仅使深圳盛产各种有着阳光般颜色的水果——杧果、枇杷、榴梿、菠萝、香蕉等，也使五颜六色的花一年四季常开不败。这是我见过的拥有最多花树的城。

花事最浓的当属春天。硕大的木棉花着了红色或橙黄色的新妆立在道路两旁迎接你，艳丽的花朵从不需要绿叶陪衬，这种树被称为英雄树。怪不得舒婷在她那首有名的《致橡树》中写道："我必须是你近旁的一株木棉 / 作为树的形象和你站在一起。"在深南大道沿路的花坛里以及天桥的边缘上，是盛开的勒杜鹃，那样红、那样艳，晃着你的眼，让你的心兴奋得想跳出来。如果稍微留点心，在不少居民的阳台上你也看得到勒杜鹃，大团大团的，把整栋楼装饰得很有生机。在许多住宅小区里，则遍布着紫红色或粉红色的紫荆花树。低调地开花，用茂盛的绿叶陪衬着，虽然中规中矩，不及木棉那样热烈，但让你觉得温和、舒心。

深圳的夏天，花事也毫不逊色，更值得一提的，是各种诱人的水果。似乎想让你在饱了眼福之后，特别地再饱一下口福。你想，枇杷、荔枝熟了，山竹、龙眼上市了，在有"东方夏威夷"之称的小梅沙踩完沙子、冲完浪，然后嚼着这些甜到心里的水果，什么样尘世的烦忧不能抛掉呢？不喜欢甜的话，就嚼番石榴、吃杨桃吧，反正嘴不能闲着。

秋天和冬天的界限在深圳是很含糊的。通常是，夏天的衣服刚一脱掉，似乎就该着冬装了。但这冬装跟北方的比，也只是小巫见大巫，顶多是厚毛衣、厚外套之类的。所以，有一些花也就没把季节分得那么清楚。比如我家阳台上的那株桂花和夜来香。前年，我从一个推架子车的花贩子手中买的时候，是两株小花苗，看着一副半死不活的样子。可是，它们不仅没死，去年秋天还开出花来。尤其是夜来香，都剪了好几次枝了，每次都被削得只剩骨头，可是不到一个月，又枝繁叶茂了。

在这个人均年龄不足三十岁的城市，年轻的人与不败的花争奇斗艳，互相映衬。在赏完各样的花之后，把目光放到人的身上吧！看看他们青春的容颜，看看他们青春的身体，谁会否认这是一座充满活力的青春之城呢。

此处的花和彼处的一样芬芳

过了许多年，我才知道，此处的花和彼处的一样芬芳。

正当经历着的，我们常觉得不美好，只有当它们成了过往，才变得迷人。现代人就像迁徙的鸟，在大地上寻找着诗意的栖息地，于是故乡、第二故乡乃至第三故乡都出现了。那些曾经待过的地方，因为与我们的当下有了距离，而变得让我们留恋不已。那些走过的路，那些见过的人，那些蜗居过的小屋，构成了记忆里一幅幅温馨动人的画面。

我就是一只从中原大地迁徙至南方的鸟。曾经很长一段时间，我怀念家乡山坡上春天盛开的桃花和秋天遍野的野菊花；念大学时在一座小山上见到的大簇映山红常闯入我的梦境；我还思恋着武汉东湖夏日里楚楚动人的荷花、武大校园里三月的樱花和八月的桂花……

有一天，我在小区外的人行道上散步，忽然闻到了非常浓郁的桂花香。我搜寻这香气的来源，发现竟是来自小区四周那些粗大的桂花树。要知道我在这里已经住了五年，而我曾经以为只有武大校园里才有这样粗大的桂花树！那一刻，我的内心充满了感动与叹息：这里的桂花也是如此芬芳，而我直到今天才闻到！第二天，当我怀着喜悦的心情去上班时，突然发现在我任教了三年的学校大门两旁竟也立着数棵飘满清香的桂花树！

这个令人惊喜的发现瞬间改变了我。

从此，我开始一点点发现南国之美。在春天满地的落叶上，我体会了故乡秋之萧条；站在道路两旁的木棉，盛开的红色花朵像巨大的火炬，给人带来生命的激情；大红的、粉红的、紫色的勒杜鹃，无论春夏秋冬都点缀在许多人家的窗台，只要你看一眼，都会涌起些许希望；秋冬季节，紫荆花守护着这个城市的浪漫，满地的落红像一个个紫色的心事在叩问大地……

在我生活的不远处，我知道一家总能让我及时看到最新上映影片的电影院，我还发现在它对面有一家大妈糖水店的手工糖水做得很好。我知道哪家的面包烤得最好吃，我还知道在哪个地方可以买到许多意想不到的小玩意儿。常给我做头发的阿伦，新年过后从家乡肇庆给我捎来特产碱水粽。我常去的那家水果店，老板娘总会亲自给我挑最新鲜最好吃的水果。只要我步行五十米，就有一个很棒的书城，在那里可以一边喝咖啡，一边翻闲书，度过一个悠闲的下午。

彼处已永远是彼处，此处某一天也许会变成彼处。珍惜此处吧，因为，此处的花和彼处的一样芬芳。

夜来香，我为你歌唱

这几日晚，在阳台上晾晒衣物的时候，总有一阵阵若有若无的甜浓香气传来，但是太疲倦了，也没去探个究竟。直到这一晚，临睡了，客厅里弥漫的是这股香气，躺到床上了，卧室里竟也是这股香气。于是，终于忍不住起身，去阳台看看。

我对花有点偏爱，所以，家中能种花的地方摆满了我买来的各种花。只是，这一两个月来，工作的繁忙加上心中莫名的烦闷，竟使我忽略了她们！趁这寂静无人的夜，且让我问候一下这些可爱的伙伴们吧！

千日红开得这样娇艳了！桂花也挂满了淡黄色的花蕾，传出一股淡香。芦荟疯长着，不仅长得更加粗壮，还生出无数的新茎。可是，有一盆花，我竟然忘记了它的名字，当初它来的时候娇嫩无比，为何现在变得如此憔悴！我心中自责着、懊悔着自己的怠慢，小声地对它说：对不起，对不起……

我准备去睡了，路过客厅，才想起在那里伸出去的窗台上也摆着几盆花。于是，打开纱窗跟她们道晚安。我的眼睛惊呆了。夜来香枝繁叶茂，挂满了密密的细小的花朵，一串串的，扑鼻的浓烈的香气正是她们传出的！要知道，两个月前，给夜来香修剪枝叶时，我把她剪得光秃秃的。可是，今天，她却向我展示了她令人惊诧的傲人的生命力。

我小心翼翼地采了一朵，放在手心里仔细地看着。花朵很小，有五个花瓣，像一颗小星星。花朵中间，是些更加小的花蕊。整朵花，颜色淡淡的，介于淡黄和淡青之间。别说是在夜晚，即使在白天，你也不容易看到她秀气的花朵。她是含蓄内敛的，只在夜晚开放给有心看的人；她又是热情奔放的，要不然它的香气为何这样浓烈？

其中一个有心人就是著名音乐家黎锦光。半个世纪前，在为京剧名旦黄桂秋录制唱段休息的间隙，他闻到了夜来香阵阵花香，激起了他的乐思，一个不眠之夜以后，一首传唱至今的《夜来香》诞生了。几十年来，唱过这首歌的歌手很多，唱得最好的是邓丽君。

> 月下的花儿都入梦，只有那夜来香，吐露着芬芳，
> 我爱这夜色茫茫，也爱这夜莺歌唱，
> 更爱那花一般的梦，拥抱着夜来香，吻着夜来香

耳边似乎响起了这悠扬的歌声。夜色浓了，神思恍惚起来。

大妈糖水

一直以来，对于那些颇要费些时间做出来的东西极其喜爱。所以，那天从南国影城出来，同事说去喝一家手工制作的糖水，我立刻响应了。

步行两分钟，一家朴实的小店便呈现在眼前了。招牌上“大妈糖水”四个字是用淡绿色繁体写的。进去一看，三四张桌子干净整齐地排列着，跨两步就到了柜台。原以为会有一个老妈妈招呼客人，见到的却是两个青年男女。问同事，她说，几年前只有一个老妈妈，但后来喜欢喝的人太多，门面扩大了，她的家人也就来帮忙了。每天，老妈妈很早起来磨出各种美味的糊糊，下午三点到晚上十点营业，逢周一周二休息。

在同事的推荐下各自点了芝麻糊、杏仁糊、榛仁芝士之类，便坐在位子上安静等待。拿起简单的菜单看，首先映入眼帘的是：“大妈糖水平民化，用料真实无花假，化工色素永不下，食得健康笑哈哈。”看后不禁莞尔，这个广告词虽然很打油，但也表明了卖家的诚意。再看供应的种类，除了我们点的那些糊糊，还有一些保健汤和几种诸如凤爪、鸡翅、玉米的小食，是个不错的喝下午茶的地方。

大约十分钟后，吃的东西上来了。喝的用玻璃小碗盛着，里面的糊糊细腻润滑，有混沌初开时的清纯；吃的用搪瓷小碟装着，正像写意的水墨，三横两撇地摆着。还没吃，食欲已大开。两人不紧不慢地吃着美味、聊着闲天、看着风景，感觉好久没有这么放松了。这里的客人出出进进，不算很满，但是接连不断，生意还算兴隆。只是，这么多人光顾这个小店，气氛却一直宁静。

忆起自己曾拥有的一些手工制作的东西：妈妈织的那些毛衣、手套、围巾；奶奶做的棉衣、棉鞋；文香姨用毛线织的网鞋；前年得到的一枚民间艺人所刻的精美印章；姨妹送我的手工缝制的手机袋……

也曾亲手做过一些东西，轧鞋垫给家人、用硬纸和彩笔做贺卡送给老师、编织第一条围巾给男友……无奈手太笨，会做的总是有限。认识两个女孩，一个会做各种头花，好多女伴头上戴的都是她做的头花；一个会做插花，桌子上的花瓶里插满了玫瑰、康乃馨、百合花。真是羡慕得很！于是暗暗立志，一定要学会一门手工艺，让自己的生活变得有趣。

我们的双手多可爱，五根手指，有长有短，配合默契，为我们做出可口的饭菜、合身的衣服，当我们烦恼时，弹奏音乐给我们听。我们怎能不感激造物主的智慧呢？

临走的时候，心里想，等到有一天我老了，也开一家手工店，卖点有意思的玩意儿。每天睡到自然醒，然后慢条斯理地做着活儿，跟客人聊着闲天，看余晖怎样将这世界变得朦胧……

在南山旧天堂书店发呆

如果有半日的空闲，我会去华侨城创意园的旧天堂书店发个呆。

这家书店不太容易找。

正确的开启模式是从深南大道创意园的正门口进去，一直走。走过居民区，遇见一座高高的楼，上面布满爬墙虎，这是创意园的大门。走进去，左边各种小店，吃的玩的看的都有；右边是像工厂一样的大型展览区，有不少先锋艺术展会在这里举行。往前走，左边是星图书店，里面有不少很棒的纯手工制品；右边是青朴落影视拍摄基地，你喜欢文艺范儿，就毫不迟疑地走进去吧。

然后是一家手工面店 My Noodle（我的面），隋同学移民加拿大之前，我和她常来吃面。

上台阶，是驴甜品，这家的甜品很好吃，而且有一个很棒的长秋千，可以同时坐两三人。有一次，瓶子从上海来，和晶晶我们三个在这里吃甜品聊闲天荡秋千到深夜。

再往前走，是鹿鸣花坊，卖真花也卖假花，但是花都很贵，可远观不可亵玩。

看完花，过一条川流不息的马路，到对面的文昌南街上，你看到一个屋顶像滑梯一样半斜着身体的老房子，旧天堂书店才算到了。而那屋顶，我确实在傍晚见到不少小孩当作滑梯来滑的。

怎么发呆呢?

其实就是什么都不干，随意坐在饮品区较高的某个角落，并不看书，只看窗外绿意葱茏的篱笆。或只看人，或闭上眼睛假寐，听各种人声。这个饮品区的特别之处是横七竖八摆着一些大小不一的舒服椅子和小沙发，沙发前摆着各种不同的小桌子，小桌子上又摆着不同的小台灯。音像区里传来些小众又特别的音乐，恍若隔世。

也有大众而喧闹的时候。那些桌子、椅子被重新摆放，迎接慕名而来的人。

有一次，这里举行打工诗人郭金牛诗歌朗诵会，那段时间“冲动的钻石”诗集《纸上还乡》获得国际金奖，在大江南北火得不得了！我在朗诵会上见了郭先生，原来是个60后，那也是一颗老钻石了！还见到了杨炼，原来长发、妩媚和一个糙老爷们也可以产生关联。长发似乎在男诗人们中比较流行，只是要费不少的洗发水吧?

有时，这里举行黑胶唱片欣赏会，需要提前报名，我没有参加过。我不觉得听个音乐也需要一群人!

偶尔罗小姐也来。

罗小姐的法子是从自己带的布包里取出最近读的两三本书，取出眼镜，取出充电宝摆在台子上。忽又取出“朕已阅”古典书签，说喜欢到处搜集这些小东西。又取出一个迷你水杯，说是在某处淘来的小可爱，问我喜不喜欢，喜欢的话下次也给我带一个。又取出一个墨镜，说是待会在躺椅上睡觉时用。我盯着她的小包，忍不住笑说：“你这真是哆啦A梦的抽屉！”

我们点饮品。为了健康，罗小姐点大象苏打水；为了美味，我点橙汁汽水。罗小姐先给我倒了半杯苏打水，我尝了一下，简直难以下咽。罗小姐喝一大口，然后说真的对身体很好。我说，我会对美味投降。于是，罗小姐将橙汁汽水和大象苏打水混合起来，做成了橙汁苏打水。味道不错！

罗小姐戴上眼镜打开最近看的一本《欧阳修传》，她是个歌唱家，却对文学艺术特别感兴趣，很难得。她问我对欧阳修的看法。我说他是个长相丑又好色的滁州太守，很会玩儿，但他的潇洒不及东坡和张岱。欧阳同学喜欢带着一帮人玩，东坡和张岱则喜欢自己玩，而且玩得挺好。比如东坡做肉、酿蜜酒，比如张岱做奶酪。话说隐居后的张岱想吃奶酪，觉得世间的奶酪都不是当初吃的那个味儿，就干脆自己养了一头奶牛，从挤奶、煮奶开始，自制奶酪。你说好玩不？

说着说着，我突发奇想，想开一个让人发呆的店。这个店不提供吃喝，只有一些坐起来很舒服的蒲团！由于发呆珍贵，所以要适当收费。喜欢在地球上到处跑的罗小姐马上说，那她就在这个店里摆上她从各地搜罗来的小玩意！

你看，发呆还必须一个人才行。人多了，就变成换个地方说话了！

旧天堂书店买书记

旧天堂书店的书分两种，饮品区的打折书，打八折，放在两面墙上，和一些旧物件摆在一起，纯属装饰。买新书或光碟的话，要到一墙之隔的图书和音像区。

这是一个偏文艺的书店，文史哲、音乐、绘画的书较多。书店不大，一进门的右手边，是各种文创，特别的笔、笔记本、名片夹、透明胶布、信纸、布袋子什么的。屋子正中间，有一个长长的架子，基本是艺术类的书，绘画、雕塑、音乐什么的。也有电影画报、老上海剧照什么的。屋子四壁都是书，最靠里边的，是音像区。

每次来，我都会在柜台正对着的那一列徜徉。先把摆在台面上的书都过过目，随便翻翻。然后开始淘宝。怎么淘呢？在书架的缝隙里或者地板上找那些随意塞着的书。比起正常开本的书，它们开本特殊，常常窄窄小小，类似口袋书；颜色大红或者大黑，有时则是雪一样的白。你也可以从价格判定，要么这书看起来很便宜，封底价格只写个几块钱，但是你买的时候要多个三四倍。不过，不要心疼钱，肯定物有所值。那是很难在市面上买到的书，比如韩东主编的一套年代诗丛，有十本，每本看起来只要几块钱，但你别高兴太早，一套一百多的书我花了三百多才买回来。打开看，里面有翟永明、杨黎、柏桦，也有于小韦、吉木狼格、小安、叮当、何小竹、鲁羊、朱文等。在宏大粗放的文学史上，很难看到后者的作品。你看，要这样淘才能看到。要么这书价格很贵，是作者实验性质的作品或者说非主流，只是出一些玩玩儿。打开看，内容不多，但惊世骇俗，你站着看一会儿也就看完了，不必买。

还有一个办法，柜台有个高而瘦的帅哥，你直接问他有没有好书，他有空的话就会跟你讲。但他通常比较忙，你得见缝扎针，而且还得识货，他才愿意花时间跟你多说。

在这里买书容易收不住手，其实那是一种错觉，你当时产生的购物冲动并不能持续到回家后的阅读。我给自己规定每次只能买一本书，这样的话必在买之前认真查看内容、装帧，左右比较。这样得来的书，常常是坐地铁回家的路上已经读完。

挑完了书，我肯定会去音像区看看，像看书那样的看。看光碟封面、掀开看歌词。你一直看，也没人说你。但你开始询问，音像区就会走来一个小伙子，个子不高，貌不惊人但头发异常浓密，常穿白T恤衫蓝牛仔裤。有一次，那里放的是低苦艾乐队的歌，我听着特别，就问是谁的歌。这小伙子就开始跟我讲低苦艾乐队，讲他们的《守望者》，如数家珍。我说能否推荐一下摇滚，他讲起国外的披头士、国内的惘闻乐队，仿佛一场内涵丰富的摇滚课。

还有一次，我在音像区看到了一本小册子《河马在岸边疯狂地磨牙》，题目特别，掀开就看到这样的句子：

什么多余的都不要

我讨厌什么诗意

也不想再挖掘什么内涵
一首诗
就应该是现在这个样子
我也应该是
这个样子

看到这样的句子我喜欢得不得了，就站着把整个册子一口气看完了。然后对他说，陆晨的诗写得不错。

他说，陆晨组建的乐队解散了，现在唱片水涨船高。陆晨这个人不喜欢穿衣服，这张还好啦，至少穿了个睡衣。这个册子是我们老板给他设计的，你实在喜欢的话，我可以送你一本没有光碟的。

我接过了光碟，很希望不喜欢穿衣服的陆晨能够重组乐队，至少继续写诗。因为他的诗写得比很多所谓诗人都好，靠写诗也是能生存的吧？也许不行，写一首好诗得几天的工夫，再等着两三个月的编辑审核，即使发表了，稿费两百块，早饿死了。或者没发表，更加得饿死。那陆晨现在在做什么呢？

这两三次去，都没见他。我往音像区望了又望，他去哪里了呢？

这半年创意园里那些好玩的小店已经关掉半数了，谁知道接下来还有哪些会消失不见呢？

第二辑 行走

这时，就要去看看那些可爱的巷子，它们蜿蜒在城里公交车和小汽车开不到的地方，自由自在，就像是换了休闲装的一个白领男子或女子，显出生动活泼、可爱亲切的一面。

到拉萨茶馆喝甜茶

到了其他城市的茶馆，比如四川茶馆，你喝茶喝酒打牌，但到了拉萨茶馆，则只能喝甜茶。

到拉萨的第二天早上，天特别冷，我们出了客栈就赶紧找了个小茶馆坐下，看当地人吃什么就吃什么。这是个当地藏民开的家庭式茶馆，墙上的贴画和地上的沙发都比较旧了，只有三张桌子，有两张桌子围坐着藏民，桌上杯子里是热气腾腾的奶茶一样的饮品，碗里是像拉面一样硬硬的不太多的牦牛肉丁面条。于是，先点茶暖暖身子。这茶便是盛行拉萨的甜茶，点的时候是按暖水瓶大小来算的，比如中等大小的暖水瓶，十块钱一壶，三个人每人可以喝四五小杯。尝了一口，跟奶茶很相似，但是奶味纯正，也没那么甜，喝起来非常舒坦。几杯喝下去，身子暖起来，心里甜甜的。这个给了我好印象的茶馆叫白玛茶馆。

拉萨的许多茶馆规模都不大，但是遍布各处。接下来的几天，逛着玩口渴，便转身进入一家茶馆喝甜茶，基本上都不会让我失望。最有意思的是八廓街上的光明港琼甜茶馆，这是我喝过甜茶馆中规模最大的。

朋友说，是他们客栈老板娘推荐的，相当有名气。这个茶馆有好几个大厅，几百张桌子，而且每一个大厅、每一张桌子都人满为患。这里甜茶论杯卖，一杯七毛钱，喝甜茶的方式很豪放。你喝完一杯在桌上放七毛钱，招一下手，在各处走动拿着烧水壶续甜茶的阿姨自然会给你续上。你想想，即使喝上十杯，也才七块钱，大多数人都喝不了十杯吧？在深圳，一杯奶茶就要至少八块钱了。许许多多的人在这里热闹地喝着甜茶，热闹地聊着天，特别有气氛。

除了茶馆，基本所有的藏餐厅都提供甜茶和酥油茶。不过，用牛奶、红茶和糖做成的甜茶更受欢迎，对于外地游客来说尤其如此。尽管用酥油、茶叶和食盐做成的酥油茶是最负盛名的藏族饮品，但那种咸让很多人适应不了，包括我。

值得一提的是，藏民非常喜欢携带装着酥油茶或甜茶的暖水瓶外出，渴了就席地而坐，喝起来了。在罗布林卡，我就看到好多藏民铺着毡子搭着小帐篷在树林中消夏，身边摆着暖水瓶。他们也很喜欢携带装着自制酥油的暖水瓶去朝圣，到寺庙里在各个佛像前为酥油灯续上酥油，好让佛灯长明。当然，这两种酥油是不同的。

一客栈一世界

在西藏，一个小客栈就是一个丰富的世界，在拉萨曲米路上的卓木拉客栈当然也是。

卓木拉客栈的老板娘是个湖南人，她的藏语名字叫卓嘎拉姆，也就是仙女的意思。卓嘎拉姆四十岁左右的年纪，即使是仙女，也是老仙女了。她到西藏开店五年多，之前经营一个小客栈，嫌小，换了目前这个大点的客栈。几个服务员都叫她姐，我们这些入住的客人也跟着叫姐。

入住卓木拉客栈是个偶然，我们订好的旅馆放了我们鸽子，我们正着急怎么安顿。卓嘎拉姆的一个弟弟恰恰在火车站附近拉客，我们情急之下就跟着走了。

这个客栈提供的住宿服务有：大床房、双人间、榻榻米、三四五人间等。除此之外，它还出售藏红花、牦牛肉，和旅行社一起推出纳木错湖一日游，林芝、山南、日喀则、珠峰等出游线路。还有两项女孩子都会喜欢的服务：编藏式小辫和卖手链、项链等手工艺品。在客栈的三楼有一个比较大的天台是客厅，客厅的墙壁上可以留言贴照片，客厅有一个小书架，装了几十本跟西藏旅行和藏传佛教有关的书。客厅的旁边是个露天阳台，提供自助洗衣服务，每次十元。

卓嘎拉姆很有人情味，我们刚到的第一天她就提醒我们先不要洗头洗澡，不然会加重高反。在西藏，高反或感冒都是非常令人不快的事，头痛、气喘或者呕吐，让你看美景的所有兴致烟消云散。听过最厉害的版本是，一到拉萨就进医院打点滴，打完点滴坐飞机飞回去，然后一辈子都不想再到西藏。林芝三日游和日喀则四日游，我们不想带上笨重的行李，卓嘎拉姆会派人免费照看。房费也没有按时收，我们想起来随后补上也行。

看完珠峰回来待在拉萨的那几天里，太阳很毒，日照时间太长，我每天上午睡觉，下午三点半后外出活动，中午就在卓嘎拉姆那里蹭饭。第一次蹭饭的经历是这样的，我睡完觉开始洗衣服做卫生。将近十二点，卓嘎拉姆看到我没有外出，就说待会我做饭，你一起吃吧。我礼貌性地推辞了一下，可是肚子真的咕咕叫了。她说就是便饭，没什么。我马上说好啊，太感谢了。只见厨房里还没有什么动静呢！我刚洗完衣服坐在房间里看了一小会儿书，藏族姑娘拉吉就来叫我吃饭了。我带上了自己的几小包茶叶和一包饼干作为礼物，去吃饭。没想到竟是色香味俱全的三菜一汤，顿时食欲大增。后来，我就主动提出要付钱在她那里吃午饭，卓嘎拉姆并没有收我的钱，可能她已经把我当成朋友了。

在卓木拉客栈里有几个挺有意思的人。藏族姑娘拉吉，今年二十岁，每天上午和中午在卓木拉做洗床单被罩做卫生之类的粗活，傍晚的时候，她化上妆摇身一变成了大型户外演出《文成公主》的演员。据她说，《文成公主》有五百多个演员，分散在拉萨各个地方，傍晚没雨的时候，有专车接这些漂亮的姑娘去表演。光这一项的收入一个月大约三千多元。念念，1987 年生的一个四川姑娘，她以编藏式小辫和手工艺品为生。如果姐给她打电话说有人要编辫子，她就搭车过来，顺便也就在姐这里吃饭。没业务的时候，她在家里研究编手链脚链。过了拉萨五至十月的旅游旺季，她回老家休假。举个例子说，我编的小辫子算少的，也有十条，每条辫子两元，编一头发辫也要二十元。每次她过来都至少有三四个女孩子要编。她编的一个白色砗磲（深海里的一种贝壳）项链，我非常喜欢，原本要价三百八十元，因为我的嘴巴比较甜，姐做主一百八十元卖给了我。她这个自由职业者活得很精彩。从西安来的骑行客 90 后大一男生小黑——姑且叫他小黑吧，我没有问他的名字，但他真的晒太黑了。我看过他骑行之前的照片，判若两人。他总共骑了二十多天，骑到了拉萨，靠给姐做点拿行李、夜间值班之类的活，解决吃住问题。我问他骑行西藏的最大感受是什么，他说了四个字："活着就好！"

卓木拉客栈的名字大概源于珠穆朗玛峰的姐妹峰卓木拉日峰。这座山峰海拔 7350 米，位于喜马拉雅山脉中段，迄今尚未被人征服。

开一家书店，温暖一座城

在拉萨的八廓街上，除了琳琅满目的真假宝石饰品和众多唐卡店外，还有几家不错的书店，如拉萨五明书店、古修哪书坊和天堂时光旅行书店等。也看到一家新华书店，除了有许多藏文图书、营业员是藏民外，和其他省市此类书店没有明显不同，暂且不提。

拉萨五明书店和古修哪书坊都是藏族风格很明显的书店，卖藏文原版书、藏饰品和播放藏族音乐等。前者店面比较大，除了提供书，在上面的一层还提供家常藏餐，也喝得到甜茶。古修哪书坊在拉萨共有两家，我去的是在北京中路通往大昭寺一条巷子中的那家。“古修哪”的意思是请进来坐，店面不太大，但装修非常有特点，书架上除了摆书，还摆了一些藏族人家喜欢用的小器具，如酥油桶。在书店的一角可以喝东西，墙壁上有木刻佛像，整个书店播放藏族民歌、燃着烟雾袅袅的藏香。我浏览了一下整个书店的图书，基本都是跟藏文化题材有关的书籍，还有一小部分是跟印度和尼泊尔文化或旅游有关的书籍。在浏览书的同时我还看了一下书店的藏族老板娘——有点酷，不苟言笑。我买下了一本

《藏族符号与象征》和藏汉对照版的《仓央嘉措情歌》，在书坊入口处挑了一张西藏手绘地图和两本手工藏纸笔记本。在结账的时候发现了一本同样很酷的酒水单——进店十五分钟后不买书不喝东西的话要收取费用。我想出一个新的名字给古修哪——进店请消费书店。不过，酷酷的老板娘也不乏人情味，不仅给我买的书盖上书店的印章，还主动送给我四张原创书签。

相比之下，天堂时光旅行书店是让人感觉最舒服的。不知出于什么原因，书店在北京中路上挂出的招牌是“拉丹曼贝藏文化中心”，走进去，却是一家名副其实的书店。书店分上下两层，除了琳琅满目的书，最大的特点是贴满了标签。这标签不是书价或推介语，而是写在各种形状小纸片上的温馨提示。我的目光完全被这小纸片上的字吸引了：

1. 本店提供雨伞租借服务，交二十元押金即可借伞，任何一家天堂时光书店均可借伞。

2. 别担心，我们书店欢迎拍照！

3. 本店无消费限制，即使您不买东西，也可以免费坐上一天。

4. 提示：挑选后又不要的书签，麻烦放回原位！天堂整洁，全赖有你。

5. 书店养有猫一只，请留意脚下，别踩到它。

6. 珍藏旧书，为书店珍藏，与你共享，你再爱书，也不该顺走它，留与他人享阅，乃爱书之道。

…… ……

这分明是跟古修哪书坊唱对台戏嘛！除了这些小标签，还有各种原创书签、原创明信片、原创笔记本、原创信封、唐卡火柴……每一种都那么可爱，让我有把整个书店买下的冲动！

在书架一个不太引人注目的角落，我发现了店老板老潘给读者手写的一封信：

致天堂读者：

我谨代表天堂时光旅行书店所有成员，向您表达衷心的谢意！感谢您长期以来对实体书店的理解和支持。

在这里所有图书都可以免费阅读，如果您有会员卡，还可以借阅图书，也是免费的。

我们一直对喜欢读书的人，心存敬意。

希望在读书的世界里，我们能一起成长。

岁月静好，温暖常在。

让我们共守流年。

——老潘

2014 年 7 月 31 日

遗憾的是，我并没有看见传说中的老潘，却看到了老潘温柔可人的老婆。老潘其实不老，但是大家都愿意叫他老潘。据老板娘说，天堂书店在拉萨有八家分店，在北京和云南都有分店。在拉萨的这些分店中共有二十来名员工，每年上九个月班，休假三个月。有时他们夫妇和员工一起旅行，采集灵感，回来做各种原创作品。在网上搜索老潘，发现这个导演加编剧的男人是个真正在路上的人：每年有四个月在丽江，三个月在西藏，还有一个月在国外旅行，其余时间在北京。《文化生活周刊》采访他时，他说："我们最终收获的，一定是比钱更重要的东西。"我买了一堆爱不释手的东西，在一张原创信封上面发现了这样一句话："开一家书店，温暖一座城。"

此刻，书店外面正下着大雨，可以听到哗哗的雨声，我突然感到自己正度过着十分幸福的时光，这不就是天堂时光吗？

青稞酒忘不了

歌手朱哲琴在《拉萨谣》里这样唱道："喝过的美酒都忘记了 / 只有青稞酒忘不了 / 去过的地方都忘记了 / 只有拉萨忘不了"在拉萨闲待的四天里，晚上去了矮房子、大门和青唐三个酒吧喝青稞酒。那种喝着比啤酒清甜的酒和风格迥异的酒吧一起给我留下了深刻印象。

矮房子和青唐都在八廓街。矮房子在北京中路靠大昭寺的一面。那天在八廓街逛累了，就想喝一杯，正好碰到矮房子。矮房子名副其实，房顶很矮，屋顶用粗木装饰，空间很狭窄，总共能坐二十人左右，客人经常得拼桌。这个小酒吧只有两个靓妹服务，且只提供酒水，没有驻唱乐队。你若想听听安静的音乐聊聊天，倒是很合适。很多人喝一杯就离开了，我也是。

遇上"大门"纯属偶然，据说这是拉萨最有名的酒吧之一。在布达拉宫对面广场看完音乐喷泉大概晚上十点多，非常口渴，想找个喝东西的地方。结果，在布达拉宫左手边那条街上突然出现了一条非常热闹的夜市。整条街上摆满了从尼泊尔过来的可爱饰品。我流连忘返，挑了一个手工编织的格桑花结和一个特别棒的手工鱼项链。准备沿街对面的路搭车回家时，遇见了“大门”。大门比较大，可以坐几十号人，装帧也比较讲究，有比较大的舞台和完整的乐队。值得一提的是，它的服务非常热情，服务员会及时为你斟酒并收走喝光的瓶子，消费却并不高。来得正是时候，歌手的演出刚刚开始。四个年轻的帅哥共同演绎了Beyond、汪峰、许巍等歌手的摇滚乐，熟悉的音乐很快为酒吧带来了高潮。坐在中间位置的几位大姐兴致很高，不停点自己喜欢的歌并请歌手喝酒。歌手和观众的互动非常好。有人点筷子兄弟的《小苹果》，他们也并没有拒绝，并且边唱边跳。在西藏你会发现到处是四川人开的饭馆，但我绝没料到连大门里的歌手也是四川小伙。主唱一说自己是四川人，下面的观众有一半都说是老乡。“老乡见老乡，两眼泪汪汪”，不过，他们是“老乡见老乡，青稞喝断肠”啊！

青唐是卓木拉客栈的大姐卓嘎拉姆介绍的，说是很有特色，有歌手原创民谣。在网上查到青唐的欢迎标语是：欢迎各路普通、文艺青年以酒会友，听歌取乐。奔着这一点，我和朋友冒雨辗转多处并问了许多人，才在北京东路措美林居委会后巷一个非常小的巷子里找到了小小的青唐酒吧。因为在天堂时光旅行书店里耽搁了太久，赶到青唐的时候已经十一点多。问服务生藏族小妹今晚是不是唱过了，她说是。问是不是不唱了，她说应该是，歌手在和朋友喝酒。问我们千里迢迢赶来，可不可以请她特别唱一两曲，她说问一下。刚刚点好青稞酒坐下，只见隔壁桌上一个戴帽子穿着嬉皮风格的男士站起来，抱着吉他坐在演出台上开始弹唱了。民谣风的唱法，有一点随意，有一点不羁。知道这是专门为我们而唱，一曲终了，我伸出“爱你”的手势给歌手鼓励。歌手说：“唱这么烂，还鼓掌？”这个随性的人就是青唐的老板加歌手“小叔”。小叔连着唱了好几首，声音也有些嘶哑，看得出非常疲惫，但听着很有感觉。明天就要离开拉萨了，听着歌声，我突然有种很依依不舍的感觉，于是鼓起勇气走到台上对小叔说，如果不介意的话我想朗诵一首仿仓央嘉措情歌而写的情诗，他们喜欢可以留下。小叔提出用吉他伴奏，我没有反对：

阳光下 / 和我一起登上布达拉宫的那个人 / 是我的心上人
月亮下 / 和我坐在石头上互诉衷肠的那个人 / 是我的心上人
大街上 / 和我亲密挽着手的那个人 / 是我的心上人
酒吧里 / 和我开怀畅饮的那个人 / 是我的心上人
夜深了 / 在我的楼下不愿离去的那个人 / 是我的心上人
我在床上辗转反侧 / 是因为我的心上人
我要离开心却留下 / 是因为我的心上人

——《心上人——仿仓央嘉措情歌》

有人这么说，在20世纪80年代你朗诵一首诗，酒吧可能减掉你的酒钱，但是在今天，酒吧老板会说酒你免费喝吧，请不要朗诵诗歌。还好，我没有遭遇这样的尴尬。朗诵完诗歌，小叔又弹唱了两首，就下来和我们一起喝青稞酒了。在闲聊中，我知道了“小叔”这个称呼的由来——今年四十二岁的小叔已经唱了二十多年，比身边的许多朋友都大，所以大家都叫他小叔。也知道了“青唐”酒吧这个名字的由来——青代表青藏高原，唐代表大唐盛世。“青唐”寄托着小叔的理想：在高原上经营书店、酒吧、客栈等一系列产业，闯出自己的天地。我们待的这个是老青唐，主要是唱民谣。另一家新青唐，开得比较大，主要是唱摇滚，场面也比这里要喧闹得多。在拉萨开酒吧也冒着很大的风险，就在我们来的前一天晚上，康巴人来青唐酒吧喝酒闹事，还打了小叔几拳，好在小叔也有自己撑腰的，最后康巴人道了歉赔了钱。

藏民几乎家家酿青稞酒，人人喝青稞酒。所以，到了西藏一定得喝青稞酒。我在酒吧里喝了“青稞八度”“拉萨青稞啤酒”等之类的青稞酒，竟有点爱上这酒了。

那些可爱的巷子

若说水上可爱的是桥，那陆上可爱的便是巷子。对于一个城市，那些宽阔的大街和大商场、高层住宅一起，显示了它正儿八经的一面；可这正经让人惊叹之余，又拒人千里。这时，就要去看看那些可爱的巷子，它们蜿蜒在城里公交车和小汽车开不到的地方，自由自在，就像是换了休闲装的一个白领男子或女子，显出生动活泼、可爱亲切的一面。

国庆节的时候，在肇庆找“四大名楼”。几个人走到了其中的一处丽谯楼，却发现竟然是破破烂烂的一栋楼，斑驳的墙壁有新砖有旧石，看着不伦不类。楼身还被围起来了，不能上去。据说，这是桂王朱由榔称帝的地方呢！大失所望之余，只好在周围走走。这一走，走出味道来了。周边的住家，矮平房或两层小楼，大多敞着门，看得到里面的猫狗花草，还有老人抱着婴孩在哄着玩儿。房前楼上晾着五颜六色的衣物，像士兵一样整齐列着鱼干或菜干。房与房之间是四通八达的小巷子，可供两人并行或一辆电动车、自行车通行。这里的平静或平淡似乎跟当年那栋名楼上的豪迈形成了极大的反差。

在武汉生活那几年，每逢周末我都会约上同学或同事去长江边上的户部巷。第一目的当然是吃。户部巷里的小吃，南北交融，所以吃客甚多，还都能得到满足，这跟武汉的地理位置很有关系。户部巷像个十字架一样摆在长江边上，走出去就是武汉长江大桥。户部巷每一家都有古香古色的招牌，店面很小，有些是推小架子车做买卖的。我常吃的是面圈、臭豆腐、肉夹馍、桂花米酒之类。若是人多，合着吃条烤鱼也不错。那鱼，就是当天从长江里捞出来的，带了江湖气息。记得有一次，面圈那里的队伍也忒长了点，我就等着，愣是排了几十分钟。孟子说君子远庖厨，可他没说君子不好美食呀，更何况我是淑女。那里的吃客，或猫在小店里埋头吃，或左手一个臭豆腐碗，右手一个竹签一边走路，一边扎着吃。这时候，你觉得那些正襟危坐的，或拿出餐巾纸揩来揩去的人特别矫情。去那里，最好是傍晚，吃完了去长江边上看江水，发发“逝者如斯夫”的感慨；或者坐一块五的轮渡到对面的江汉路去闲逛，一个晚上过得有声有色。

带点文化气息的是鼓浪屿上的小巷子。到那里之前，鼓浪屿的手绘地图一定得先买一张。整个岛上，星罗棋布着数不清楚的小店面，吃的、穿的、用的、玩的应有尽有。那店名起得特别有内涵。比如，“靠岸”是个台湾菜餐馆；“波”是个纪念品小店；“邮寄幸福”是个小邮局；“伯爵”是个摄影会馆。我在一个店里买了三个手工钱包，在另一个店里买了一匹陶瓷小红马。在其中一条巷子穿行时，看到金兰饼店门前排起了长队，我在地图上一查，是个百年名店，马上也跟着排了队。我排了一个小时，买了五盒绿豆饼。取出来一尝，真是我吃过的最好的绿豆饼。这里的每一个小店，都有自己的纪念章，摆在桌上显眼的地方。你到了每一个店，都可以自己拿着在地图上盖章。离开那个岛之前，我看了一下，我的地图上才盖了十几个章。想着下次来，一定要住个把月，把地图上那几百个名字都盖上章才过瘾。

成都的宽窄巷子也很不错，下午有着落日余晖的时候去最妙不过了。宽窄巷子的宣言是：“宽巷子不宽，窄巷子不窄。”果然如此！看来四川人不仅会生活，而且很幽默。巷子里的茶馆很多，有一家叫茶马江湖，店前飘着的旗子上写的是：“吃饭喝酒要朋友，茶马江湖走一走。”果然，就有几个同行的人忍不住坐下来喝茶要朋友了。继续转着看，有捏糖人的，把熬红了的糖做成或金鱼或花或其他各种动物的；有卖烧饼的，一个烧饼快被烤成了气球，皮吹弹可破，焦香宜人；有挖耳的，旁边放一个装着各种看起来恐怖的挖耳器具。有意思的是那宣传版，上面写着“世界惊看中国五千年文化”“神州耳艺，民间一绝”“挖耳俗称‘小舒服’，是一种艺术和技术融为一体的民间手艺”等字样。我忍不住惊诧，国人真是厉害，连耳朵里的内容都费这么大心思琢磨。让人费脑筋揣测的是那些店名，深闺大院的，大门上写着“古魅”呀、“兰亭叙”呀，简直不知道做的是哪门子生意。强烈建议店主在店名后加上作注解的副标题，比如古魅——餐厅，兰亭叙——酒吧之类的。从这点看，四川的巷子文化太过艰深，没有武汉人来得爽朗。离开的时候，遇见一位吹箫老人，就那么旁若无人地吹着。

最想去看的是北京的巷——胡同，巷在北京叫“胡同”。有人说，北京的胡同是“大胡同三千六，小的多如牛毛”。想想四合院和胡同一唱一和的老北京，当是多么生动有趣！若我是个男子，更盼望生在 1949 年前，能够去八大胡同看看，一睹赛金花、小凤仙的倾国倾城之姿。据说北京的胡同越来越少了，看来，胡同里的旖旎风情只能让位于城市建设的宏大主题了。

到阳朔西街喝王美丽的甜品

一个地方的人气旺不旺，要看街上的人多不多。这样说的话，阳朔西街人气很旺。

夕照还有些强烈的时候，美女们还没摘掉太阳镜和太阳帽，就开始逛西街了。价廉而美丽的民族风情裙或者挂在简陋的货架上，或者就挂在少女两只白嫩的胳膊上出售，往来的人把美女和裙子一起欣赏。苗族银饰、手工挂坠、手织披肩琳琅满目，像有一股魔力粘住了人的眼睛，让女人们迈不动要走的脚。有一个卖东西的说，帅哥们不要走那么快，要走在美女的后面付款哟！

吃客们还要到专门的巷子去，喜欢讲点情调的可以去“在路上”“壁虎酒吧”“天涯酒吧”“岸上咖啡”“绯闻”“榴芒”或“如果”喝一杯。有一家的店名很直白：王美丽的甜品店。我喜欢这直白，就在王美丽家吃了个红豆双皮奶，要二十五元，比深圳的贵得多。喜欢民间一点的，去“梅姐漓江啤酒鱼”“大师傅斑鱼”“桂花店”“老师傅潮州粥”。在桂花店门口一个桌子前，五个男人一边吃菜一边欣赏他们点的爱情歌。站在面前唱歌的女孩子二十岁左右，眼帘下垂，头戴小圆帽，短短的卷发露在小圆帽两边，有种俏皮的感觉。她就那样咿咿呀呀地唱，别有一番情调。这是用嗓子赚钱的。继续转，你会看到餐桌边有吹葫芦丝的，有敲藏鼓的，有拉小提琴的。这些人穿上少数民族的行头或演出家的燕尾服，带上自配的音响，一个人俨然一支乐队。这些演出需要客人另外付费。

整个晚上，有几架遥控飞机在西街上空飞来飞去，惊险的几次，差点落到人群中某个人的头上。这是卖遥控飞机的。夜幕完全降临之后，在街上可以体会到什么叫摩肩接踵。让我惊诧的是，就是这样挤，也有人敢站在人群中卖小玩意儿，有在地上狭窄的空间卖发光陀螺的，有挎个大货包手中摆弄魔方的，有卖发光卡通发卡的，有卖各种风车的。我用十块钱买了一个魔方。

西街每条小巷两旁的建筑都不高，还常有小桥流水，民族风很浓。不像武汉的汉正街，两旁看得到作家池莉和方方小说中所说那种光着膀子乘凉的武汉人；也不像深圳的东门，五花八门的小东西尤其是电子产品让人眼花缭乱。

天晚风冷的时候，许多女人披起了“桌布”——外地人喜欢当披肩，但当地许多人家会用来当桌布。这里是个让人精神振奋的地方，白天在阳朔景点晒得有点昏沉的大脑竟然越来越兴奋，只是两条腿越来越重，脚也开始疼起来。

作为一个爱美的女人，我在西街的收获是三条裙子和一个魔方。

济南的秋天

我来的时间正相宜，虽已是深秋，但并没有显出完全的衰败与凋零，这显出济南的温情。这是我第一次来济南。估计全中国大部分人知道济南，是因为老舍所写的《济南的冬天》。可我来的时候是秋天，无法看到它可爱的冬了。

在南方呆久了，我忘记了北方的秋是何等模样，只依稀记得是跟落叶和萧条有关。南方哪有秋天哪，到处都还是夏天的绿，倏忽就冬天了。夹缝里的秋天一点都没脾气，似乎甘愿让出自己的地盘，因为这一点我有些恼。读书的时候很喜欢曹丕的“秋风萧瑟天气凉，草木摇落露为霜”，可这意境在南方是找不到的。济南的秋天是一个弥补。

下了飞机坐巴士去济南市区的路上，只见塔松、杨树、杨柳等夹杂在路两旁。有着尖尖脑袋和圆滚身体的塔松，让人想起西方人的圣诞树。高大的杨树叶子还没开始掉，但已经转黄了，树身有些消瘦。杨柳也不是那么浓密，就那么有点孤独地摆着自己的腰肢。有天听讲座，一个教授说，《诗经》里写“昔我往矣，杨柳依依”，那一定是南方人写的，因为南方才有娇小的柳树。说得不错，在北方，除了男人和女人是伟岸的，柳树也是伟岸的。

给我视觉带来极大冲击的是那些长在趵突泉边的柳树。这些高大的杨柳垂着长长的枝条，一股秋风吹来，像是一股绿色的波浪，每一个长枝条上有无数细长叶片，叶子深绿，叶尖泛黄，显出一种沧桑。目之所及，除了遮天蔽日的杨柳，便是被颇具匠心地摆置在园中各处的菊花。到趵突泉的时候恰赶上菊展，各种颜色各种姿态的菊在园中随处可见，淡雅的菊与伟岸的柳是极佳的搭配。在菊与柳的掩映中，我看到了李清照纪念堂。忽然想到，写出那么清丽婉约词诗的女子竟然是山东籍的北方女子！

李清照自号“易安居士”，取自陶渊明《归去来兮辞》中“倚南窗以寄傲，审容膝之易安”句。陶渊明爱菊，清照仰慕陶渊明，所以，今人这里摆上淡雅的菊太相宜了。纪念堂用蜡像模拟了李清照生活的几个重要时期。这个出身优渥的女子，在少年时代就颇有诗名、青年时代和夫君琴瑟和弦、中年时代颠沛流离，最后视野从闺阁走出，开始关注外族侵略、国破家亡等国家大事。她能写出“欲将血泪寄山河，去洒东山一抔土”的豪言壮语，实乃女中豪杰！趵突泉清澈见底，它周围的漱玉泉等也是如此。看着水面上因为泉眼而鼓起的一个个小水泡，你会觉得地下有着无限生机，内心似乎也被涤荡了。

这样可人的女子还有大明湖畔的夏雨荷。传说夏雨荷非常美丽并且精通琴棋书画。传说当年乾隆到山东游玩时，在大明湖畔遇见了她。她与乾隆相恋，乾隆许诺以后回来找她，但整日围在君王旁边的女子太多，乾隆很快把这事忘了，夏雨荷等了一辈子没等到。据说，琼瑶女士《还珠格格》里面的夏雨荷故事便源于此。记得《还珠格格》里面有一句经典台词：“等了一辈子，恨了一辈子，怨了一辈子，可依然感谢上苍，让我有这个可等、可恨、可怨的人。否则，生命将会是一口枯井，了无生趣。”原来，山东的女人不仅温柔美丽，亦有一种男儿的刚毅，让人顿生敬仰。

中饭是在一个饺子馆里吃的，恰逢周日，很多本地人也来吃饭。看着从身旁走过的这些人们，看着他们像山东的青皮萝卜和大白菜一样朴实的脸，我心中涌出一丝温暖。

济南，这个被称为“泉城”的美丽城市，柳树是市树，荷花是市花。你只要想想这些事物，就会对这里生出无限的好感。难怪老舍要一股脑地写下《济南的春天》《济南的秋天》《济南的冬天》。我想，什么时候夏天来济南，赏赏大明湖畔的荷花，写上一篇《济南的夏天》，可不就凑齐了？

孔子的曲阜

到曲阜的时候已是晚上。整个曲阜古色古香，房子低矮整齐地排列着，让看惯了高楼大厦的我很不习惯。虽只是晚上七八点钟，但外出活动的人已经非常稀少。沿街的店面许多是卖字画、木雕、石雕还有文化用品的。走在孔子和他的后裔门生曾经生活过的地方，我想，如果曲阜没有孔子，还会是今天的曲阜吗？

第二天参观了“三孔”，即孔庙、孔府、孔林。走在这个被西方人称为“东方耶路撒冷”的地方，不管你是否愿意承认，你都会有一种好奇心，想知道为什么在这里生活过的那个人对于中国乃至现在的世界那么重要。

孔庙是历代祭祀孔子的地方，今天的孔庙是明清两代建成的。进入孔庙，首先看到的是金声玉振坊，这是个有些沧桑的三间四柱式牌坊。继续走着，院内苍松翠柏，雕梁画栋，别有意境。让我非常喜欢的是那些古柏，有些粗大得要几人合抱，树干上的凸起，像一双双智者的眼睛在洞察来人。它们的深绿是冬天里可贵的一抹希望。一处草坪上，有几只不怕冷的鸟在啄食，打破了这个朝圣之地的寂静，它们的羽毛非常漂亮。整个孔庙是按照皇宫的规格来建的，庄严肃穆。

孔庙的东侧是孔府，是孔子嫡系子孙长期居住的地方。孔子的子孙后代中最为显赫的应该是“衍圣公”孔令贻了，所以孔府又称“衍圣公府”。让我印象深刻的是大堂内的仪仗，堂内两侧陈列着一品爵位的仪仗和象征特权的官衙牌，“衍圣公”出行的时候，有专人执掌以示威严。仔细考究起来，孔府已经跟孔子本人无太大关系了。孔子生前并没有如此荣耀，但后代帝王出于政治层面的考虑，对孔子嫡孙一再封爵。这大概是孔子想不到的吧？

孔子长什么样呢？据说，他出生的时候很丑，头顶中间低四周高，像尼丘山，所以名丘。在许多地方看到的孔子像，都是一个髯须长长慈眉善目的垂垂老者。大成殿里孔子的塑像似皇帝般威严，穿的也是像皇帝一样的袍子。虽然表现了庄重，但离真实的孔子相差太远了吧？《史记》里有一个跟孔子容貌相关的小故事，说是他到郑国去，跟弟子走散了，郑国有个人给孔子的弟子子贡通风报信，说有个人“颡似尧，项类皋陶，肩类子产，然自要以下不及禹三寸。累累若丧家之狗。”是不是你要找的人呢？后来子贡把这话转述给了孔子。孔子说，前面说的那些长相我不同意，但丧家狗这个比喻太贴切了，我认可了。从这一点看，孔子首先是个可爱的人。

孔子当是一个真实可亲的人吧？有一个小事件是，孔子的儿子出生时，鲁昭公赏给了鲤鱼，孔子为了显耀国君的赏赐，给儿子取名鲤，字伯鱼。

孔子当是一个爱憎分明的人吧？有人问他以德报怨可以吗？他说那怎么报德呢？要“以直报怨，以德报德”。用通俗的话来说，就是有冤报冤，有仇报仇。基督教里说，当别人打你的右脸，把你的左脸也拿过去给人打。在孔子这里是行不通的。

孔子当是一个果断干脆的人吧？对于大多数人需要三思而后行，但他听说季文子做事总是犹犹豫豫，就说，季文子想两次就够了。

私下里想，在幼时，孔子当是一个天真活泼的儿童；青年时，当是一个才识过人的翩翩少年；壮年时，当是一个壮志难酬的失意人；老年时，当是一个温润如玉的智者。与高深莫测的老子不同，孔子的一言一行总是可以给我们许多现实的启发。

一个人只能生活在地球上的某个角落，因为他的躯体是那样弱小。但这个角落会因为他的存在而熠熠生辉，因为发光的是他博大的思想和真理之光。离开曲阜的时候，我想起了古希腊雅典城的苏格拉底，那个宁愿死也要维护真理的人，比孔子只晚生了八十二年，若他与孔子生在同时代，当会是倾心知己吧？

东湖赏荷记

夏日于武汉东湖边赏荷，观美景之余又有众多奇遇，且与诸君分享一二。

一　前世注定的姻缘

几个人在湖边一路说笑，突然间眼前就是很大一片盛开着的荷花。

“哇，好美！”我忍不住惊呼，接着人就呆立住了。眼睛应接不暇地从一朵移向另一朵，恨不得一时之间多生出千万只眼睛，把所有的花一次看个够！

同伴拍了拍我的肩：“傻了吧？美的还在后头呢！”

我回过神来，开始用相机狂拍，盛开的、将开未开的、紧紧抱着花骨朵的……有人在我耳边吟起一首熟悉的诗来：

江南可采莲，莲叶何田田，鱼戏莲叶间。鱼戏莲叶东，鱼戏莲叶西……

突然，有一股清凉又带着清香的风吹来，这股风真是来得奇怪，我的眼睛被迷住了。当我睁开眼睛时，我发现自己正躺在一只独木舟里，身边放满了大莲蓬。我坐起来，看到迎面站着一个容颜绝世的女子。她身穿一条粉红色长裙，挽了一个大髻的头发上戴着一朵盛开的粉红色荷花，手撑一支长长的竹竿。她那宽大的水袖迎风舒展，时不时飘荡在身边倏忽而过的荷叶上。

“姐姐，你真美！”我忍不住要取出相机给女子拍照，可是相机不见了。

这个女子莞尔一笑，那笑容如同轻风吹动涟漪，美极了。她停下手中滑动的竹竿，走到我的跟前，把我扶起。一阵清香扑鼻而来，一切恍若仙境。

“妹妹，你看水中。”女子用手指向水。

晃动的水中，开始只看到荷花和荷叶晃动的影子，然后我看到了水中自己的倒影。那是我见过的最美的女子。她长及脚踝的长发和洁白的裙子一同在风中轻轻飞舞，脖子上、手腕上和脚腕上都戴着一串用白荷花的花苞做成的花环，善睐的明眸在水中熠熠闪光……

“姐姐——”

“妹妹，你是我们家族里最美的姑娘。等到八月十五月圆之夜，你就要出嫁。”

“八月十五？嫁人？这是怎么回事？”我完全糊涂了。还有水中的倒影，那是我吗？

“新郎是这里最善良的渔夫。”这个女子接着说，“船上的这些莲蓬卖掉后，你的嫁妆就凑齐了。”

“我不要嫁人！”我哭了，我的两滴眼泪落了下来，正好滴在一片荷叶上。

我想，我不明不白地就来到了这条船上，朋友们找不到我肯定很着急。还有，我远在家乡的父母，我都要嫁人了，他们还不知道。

“这是我们荷花家族历来的传统，我们每一年都会选出家族里最美丽的女子，来和最善良的渔夫成亲。这是我们报答人类的一种方式。”

“报答人类？我就是人啊！”

“你是——仙子。过了新婚之夜，你才会变成人，而且忘掉以前所有的事。”这个称我为“妹妹”的女子眼神中开始带着忧伤。

“仙子？荷花仙子吗？”我追问。我曾经做过无数个跟荷花有关的梦，难道那是给我的神秘暗示？

“是的。今天黄昏的时候你的未婚夫会在这片荷塘出现，他将撑着一只小船，为你唱一支歌。那支歌只要你一听，就会爱上他。”荷花姐姐停顿了一下，“你将在夕阳的最后一丝余晖里看到他的脸——”

我不觉得有人可以凭一支歌就让我爱上他。但是，爱是前世注定好了的缘分，只要我看到了他的脸，我就可以确定在前生是否见过他。在夕阳的最后一丝余晖撒下来之前，我悄悄地做出了一个决定：如果他不是我的爱人，我会选择荷花族女子自杀的方式——摘掉胸口的那颗莲芯。这是姐姐告诉我的。

最后的那个时刻快要来临了，我站在船头，长长的黑发在黄昏的凉风中飞了起来，我的白裙子也飞了起来，有歌声伴着一只渔船朝这边飘过来：

……采莲南塘秋，莲花过人头。低头弄莲子，莲子清如水。……

我得承认，我一开始就爱上了这支歌，我的心在歌声中变得沉醉而感动。我爱上了他，是的，姐姐没有说错。当他的脸在夕阳的最后一丝余晖里闪过时，我知道我没猜错，那是一张熟悉的脸。

天突然就全黑了。

…… ……

“喂，你怎么还在这儿呢？大家都找了你半天了！”一个朋友说。

我缓过神来，然后急急地问："你有没有看到穿粉红色和白色裙子的荷花仙子？还有撑着一只船的渔夫？"

"荷花仙子？渔夫？你没发烧吧？"朋友扑哧一声笑了。

我往自己身上一看，白裙子不见了，白荷花苞项链也不见了，头发也没有长及脚踝。我呆呆地望着那片荷塘，那朵朵粉红的荷花顿时变成了一张张可爱的少女的脸，在朝我微笑。

"快走吧！前边还有很多好玩的！"朋友拉着我往前走。

我慢吞吞地往前走着，魂不守舍，心里只想着八月十五月圆之夜出嫁的事。我想，如果在那一天，真的有一个前世注定今生要娶我的男子向我求婚，我会嫁给他。

二　观鱼奇遇

湖心路可真耐走。

"快来看，这里有好多红鲤鱼！"一个同伴叫道。

我往旁边的石栏一看，上边写着"观鱼区"几个字。不知怎的，这几个字让我忽然有种异样的感觉，我预感会有什么事情发生，这种感觉也在后来得到了证实。

观鱼的塘子有好几个，大家四散开去，我留在一个可以坐着看鱼的塘子边。在我的旁边，有一个胖乎乎的小男孩，他正拿着一包鱼食，时不时地丢一些在塘子里，迅速游过来抢食的红鲤鱼逗得他咯咯地笑。奇怪的是，小男孩的爸爸妈妈不在身边，他们不怕孩子掉进塘子里吗？不行，在这对不负责任的父母现身之前，我要担当起保护他的重任！

小男孩专心致志地喂鱼，我则专心致志地盯着小男孩。

突然，小男孩朝我诡秘地一笑，然后趁我愣住的时候纵身跳进了鱼塘。我大叫一声："不要！"然后也跳进了鱼塘。我连小男孩的衣服角都没扯到。在落进水的那一刻，我记起了自己不会游泳。我闭上了眼睛——

“姐姐，姐姐！”

有什么东西轻轻拂动了我的脸，痒痒的，我睁开了眼睛。我还没死！是谁在叫我呢？

“谁呀？”

只见一条胖嘟嘟的小鱼在我面前游动。它的嘴巴一张一合，似乎在对我说话。

“姐姐，姐姐，我是小龙啊！”

小龙是我邻居家的一个小男孩，长得虎头虎脑，很可爱。可是，那一年发大水，他早已经——

“你不是已经——”我吃惊地说。

“姐姐，我只是变成了一条永远长不大的小鱼。所有落水的孩子都会变成鱼，永远长不大，也永远不会死。”小龙的嘴巴一张一合，我看不出他脸上的表情。因为，在一条鱼的脸上，你从来看不到任何的喜怒哀乐。

这时，我想向他笑一下，可我发现我的脸也没法做出任何的表情。我也成了一条鱼！我着急了，拼命扭动自己的身体。

“其实，做一条鱼挺好的，你可以自由自在地游。”小龙接着说，“你见到奶奶的时候，告诉她我很开心，让她不要在路口等我了。”

小龙仍然没有表情，但我想他的脸上应该写着忧伤，他肯定很思念奶奶，正如奶奶思念他一样。

可是，我为什么要当一条鱼呢？

正想着的时候，岸上走来了两个人。这两个人我认识，一个是庄子，一个是惠施。他们不是在濠上观鱼吗？怎么会到这儿来了？

我对小龙说：“小龙，姐姐对哲学感点兴趣，这两个人是中国历史上很重要的哲学家，他们有一段观鱼的辩论真是名垂千古。我们听听他们有什么高论。”

庄子还是那么朴素，脚上穿着草鞋，身上穿的是粗麻布衣服，一根草绳拦腰系住算是腰带。惠施穿的什么我没看清，因为当我观察惠施的时候，庄子已经开始说话了。我的听力和视力总是没法同时集中。

庄子把一只手叉在腰上，另一只手指着水中：“鱼儿们真快乐啊！”

惠施反驳道：“你不是鱼儿，你怎么知道鱼儿的快乐呢？”

庄子把另一只手也叉在腰上，针锋相对地说：“你不是我，你怎么知道我不知道鱼儿的快乐呢？”

我窃笑了一下，他们还是老调重弹啊！可是，惠施接下来说的一句话让我一时没有反应过来。

惠施说：“算了，吵了这么多年都没有定论，你我不如今天实践一下。”惠施说罢，伸手拉了庄子就往下跳。

他们砸起的水花可真够大的，那水花把我和小龙从水中带到了岸上。我赶紧伸手到处摸小龙，鱼儿没有水是会很快死掉的啊！然后，我摸到了一个小男孩胖乎乎的胳膊。

“哎呀，好险啊！谢谢你啊！”一个年轻的妈妈焦急的脸出现在我的面前。她抱起自己的小宝贝亲个不停。

我转过头看水塘，里面有两条鱼并肩悠游着，似乎很享受的样子。难道他们就是——

我揉了揉眼睛，今天的怪事太多了，我得站起来走走。可是小龙，他真的变成快乐的鱼了吗？我想起了小龙的话：“所有落水的孩子都会变成鱼，永远长不大，也永远不会死。”

三　和长寿龟对话

这段时间在看日本女作家安房直子的书，书里有一个海龟的故事很打动我。说是一只海龟觉得自己的寿命太长了，太寂寞了，就把自己的寿命分给了需要时间的人。这些人包括一个担心母亲病情的女孩、一个需要时间练习敲鼓以博得爱人欢心的渔夫，后来则是整个村子狂欢的人。海龟的时间分完了，它也死了。

想起自己小的时候，也曾经在一些神秘的时刻许过愿，要把自己长长的寿命分给爱我的爸爸、妈妈、外婆和奶奶。可是，当疼爱我的奶奶走了的时候，我想，最后一个离世的人才是最可怜的。他要承受完所有的生离死别，才能够离去。

站在龟池旁边的时候，我忍不住胡思乱想起来。

不知道龟是不是这个世界上最长寿的动物，有传说鹦鹉也可以活几百岁。不过，人类羡慕龟的长寿确实从很早的时候就已经开始了。也许，从龟的身上，我们可以得到很多长寿的启示。这些沉默的龟是如何从小于 64 开长到 64 开，再长到 32 开、24 开、16 开……做过一段时间跟图书有关的工作，就忍不住用图书的开本来丈量这些龟的大小。

算了算了，不想那么多了，去别的地方看看吧！

刚要迈开步子离开这里的时候，一只龟用眼睛直直地盯着我，让我忍不住也盯着它看。这只龟是这里最大的一只，它趴在一块露出水面的石头上一动不动，要不是眼睛偶尔眨一下，我还以为它也是一块石头呢！

“丫头，愿意跟我聊聊吗？”乌龟眨巴了一下眼睛。

我看了看周围，一个游客都没有，声音是从龟池那个部位传过来的。

“请问，是跟我说话吗？”我感到很紧张。

“丫头，我们并不跟所有的人类对话，只有某些特殊的人——才会拥有这样的机会。”

果然是龟开口跟我说话了。不过，我并不认为自己很特别，我的祖祖辈辈好像也没听说过谁有什么离奇的故事传世。

“我可以选择不听吗？”既然我的家族一直都这么平静，我也想继续平静下去。

“当然，这是你的权利，丫头。”那只龟停顿了一下，“不过，如果你不是那么着急走的话——听听也没坏处啊！”

经过三秒钟的犹豫，我决定抓住这个机会。这个时刻，我可是代表着人类呢！人们多想知道龟类长寿的秘密啊！

“我很荣幸，能够跟您老人家对话。”我清了清嗓子，“你知道，人类对你这个家族的长寿秘诀很感兴趣，不知道方不方便谈一下。”

“这个呀，根本就没有什么秘诀！呵呵！”那只龟脖子摇摇晃晃的。不知道，这是不是它们表达快乐的一种方式。

“肯定有——你是想保密吧？”我的声音里充满了怀疑。

“确实没有什么秘密，也许是我们的生活方式决定的吧。我跟你说说这个，怎么样？”那只龟肯定是太寂寞了，姑且听它说几句。

“我们喜欢安静地待着——”

“等一下，是不是可以总结为‘生命在于静止’呢？”我说。

“可以这么认为吧！”

“那人们常说的‘生命在于运动’，岂不是恰恰与长寿为敌？”我很焦急。

“人类的事我不是很清楚。我只知道，当我们静静地待着的时候，欲望就会减少。比如，我们很少吃东西，即使吃也会吃得很少。”龟镇静地说。

“这条可以总结为‘节食’。这倒跟人类的某些健康理论相近。”我接着说，“谈谈龟壳的事，好吗？”

“这是生来就有的，不过要善于利用。比如，遇见危险的时候，要迅速地缩回头和四肢。要迅速！”那只龟边说，边迅速做了几个回合缩进和伸出头、四肢的动作。那动作的敏捷，让人很难想到是一只年龄很大的龟做出的。

我忍不住笑着说："就是学会做'缩头乌龟'。还有别的吗？"

"不知道'沉默'算不算。我们总是尽量少说话，只在最关键的时刻说最关键的字，从来不吵吵嚷嚷的。今天对你，已经说得太多了。"

"非常感谢您不吝赐教！"我刚说完这句话就有人拍了一下我的肩膀。

"嗨，一个人在自言自语什么呀？"

我扭头一看，是一个同伴。

"嘘，我在跟乌龟聊天——"当我把手指向刚才那只龟时，我发现它已经将头和四肢缩回了 16 开的壳里。

"你以为自己有特异功能啊？"同伴不屑地调侃。

"别说话，等一下那只龟就会开口跟我说话的。"

"是吗？那我们就等一分钟看看喽！"同伴拿出手机开始计时。

一分钟过去了，那只龟还是没有伸出头来。我想，我和它的神秘对话已经结束了。

仙岳禅寺小住记

一　吃晚饭

到仙岳禅寺的时候，恰赶上吃晚饭，晴朗至极的天意外地下了几滴小雨。据的士司机说，醴陵有十几天没下过雨了。

“吱”的一声，侧面大门开了，道回师就在这零星的雨中现身了。薛宝钗那样的大脸盘，一对杏目炯炯有神，声似洪钟，笑容爽朗。虽和我年龄相仿，俨然已有些仙风道骨了。她在红尘中的名字叫Y玲，一个常见的好听名字。

道回师拉过我的箱子，我们爬坡往住宿区走去。初次见面，担心说出的话过于冒昧，我在路上保持了沉默，只在道回师问我时作简短回答。

放下箱子，道回师说，先吃饭吧。

饭堂在大雄宝殿的下面，在离厨房较近的一面摆了三张桌子，几条板凳，还有一个很大的消毒柜。道回师有事要忙，将我交给做饭的阿姨，后来得知是道芳师。道芳师生养了七个儿女，和自己的四个小女儿出家了，留下丈夫和另外三个孩子在红尘中浮沉。

道芳师让我自己拿碗盛饭和菜。见米饭旁有两大盆菜，一盆是辣豆豉，一盆是腌酸菜，以为这便是菜了，便各盛了一大勺放在碗里，准备吃。刚坐下，道回师进来了，将一碗她事先留好的菜端给我，土豆丝、丝瓜、木耳什么的。见我碗里装那么多腌菜，说你喜欢吃辣呀！我这才明白那两盆只是搭配的小菜。道回师坐在我的旁边，见她没吃，我问她怎么不吃，她说她有一段时间没吃晚饭了。

大部分的菜都是这里的师父们种的，且烧柴火，很好吃。吃完了饭，吃西瓜。西瓜也是他们种的，很甜。我正准备对西瓜点赞，发现道回师盯着我的碗看。顺着她的目光，我看见有几粒米还躺在我的碗底。道回师说，在这里，每一粒粮食都不能浪费。我心领神会地将碗中剩下的米粒扒进嘴里。正准备接着吃西瓜，忽然发现碗下面还有两粒米。于是，试着问，这两颗是不是也应该吃掉？道回师只说了句“吃掉是福”，便双手合十了。我红着脸把那两粒米也捡起来放嘴里了。

吃过饭，道回师带我在寺庙周围参观。寺的后面有两眼井，喝的水和做饭的水在其中的一眼取用，生活用水是自来水。沿着山坡，他们开垦了很多块小菜地，种上了豆角、苋菜、茄子、黄瓜、西瓜之类的。只是，这些菜园因疏于照料而显出“草盛豆苗稀”的态势。到了一块西瓜田里，道回师感叹道，今年人手不够，没时间打理，这些瓜都自由生长了。她掀开几个瓜秧，看到尚有西瓜，就说好在还有得吃。我看到，长豆角有一些也可以摘了。

这些菜够大家吃吗？我问。道回师说，差不多。往年长得多，还拿市场上卖一部分呢！不够吃的时候，也得去买。

道回师的往年就是师父身体康健，一切都欣欣向荣的时候。今年，师父病重了，大家把打理菜园的时间都用来诵经，为师父祈福了。

办理入住的时候，是戴眼镜的道纯师负责。道纯师让我填登记表。我填完了自己的信息，忍不住向前翻看了几页，来自全国各地的人都有呢！许多人在来寺原因那一栏写的都是“拜见师父”。我说，有这么多外地人过来啊。道纯师一边忙着一边回答，是啊，他们来问祸福、治病、求名字什么的。你来得也巧，十六号要为师父做法事，来了许多法师，诵《华严经》。

道回师喊我帮忙，去藏经阁搬《华严经》到大雄宝殿。在金庸的武侠小说里，藏经阁可是个神秘所在。我怀着隐秘的兴奋到了藏经阁。本以为《华严经》只是本小小的经书，没想到一大箱里只有两套，随后得知《华严经》分上中下三册，一套下来没有十斤八斤，也得有个五六斤。我搬了大约五箱书，汗流浃背。

晚上八点左右的时候，我在房间洗漱，听到了鼓声。先是数遍鼓声，然后是击钟的声音。这就是“暮鼓晚钟”了！

还不到九点，整个寺庙就非常安静了，只有此起彼伏的蛙鸣声响起。那声音来自我住处右侧的放生池，白天和道回师一起看过的那个杂草丛生的池子。

二　摘菜

早上，迷迷糊糊的，先是传来悠扬的钟声，接着是各种鸟的叫声，再然后是清脆悦耳的唱钟声。那声音真心是好，本想挣扎起来一探究竟，可实在太困，竟又睡去了。

再醒来的时候，看了下时间，六点三十，原来还这么早啊！刚才那钟声也许就是晨钟。叠被子的时候，发现一只小蜘蛛昨晚与我同眠了，便不客气地把它赶下了床。简单洗漱后，我换上平底鞋，出去散步。

我沿着道回师带我走过的路线，慢慢走着。看到几丛特别高的蓬蒿和艾草，我停下来，站到他们的旁边，比我还高呢！在一小块花生的旁边，我发现有一丛芋艿，也许下面能挖出不少的芋头仔呢！这是昨天不曾看到的。走到甜瓜地里，我搜罗到一只小甜瓜，它卧在几片叶子和一棵马齿苋的下面，很可爱。由于不确定熟不熟，我没摘。

下了十来层台阶，是几片连着的菜地，西瓜地大概不能称为菜地。在这里，西瓜和甜瓜只是个点缀，所有的食物都是因实用而存在的，比如多产的辣椒、黄瓜和豆角。看到一个西瓜滚出了田外，我拎了拎，想把它放回去，却发现西瓜已经结实地粘在泥土地里了，只好作罢。我检查了全部的黄瓜，发现有三只非摘不可了，便自作主张摘了。这是道芳师的领地，我待会交给她，她应该不会反对。目测了一下两畦长豆角，有许多可以摘了，可惜没带菜篮子。再看下去，个别茄子也熟了，有四条大瓠子霸气地挂在藤上，其中两条还很亲密地长在一起。看到这些成熟的果实，我觉得自己有义务将它们摘下来，变成下一顿餐桌上的菜。于是，加快了脚步回到厨房里。

吃早饭的时间到了，有不少僧尼过来吃饭。我把黄瓜放到厨房的台上，对道芳师说，有许多豆角熟了，可以去摘吗？她说，可以摘。我说，那我吃完早饭就去摘。

早饭是捞面条，配菜真的是豆豉和酸菜了。我各挖了一勺，放在面条里拌着吃。没看见道回师，却看见道纯师急匆匆走进来，盛了碗面条坐我对面。

你很忙啊！我说。道纯师一边往嘴里送面条，一边用手扶了扶眼镜说，昨天夜里在师父那里值班到凌晨一点，回去后洗漱，看到有几天的衣服还没洗，就洗了衣服，睡下的时候已经凌晨三点钟了。我默默算了一下，清晨五点钟打板起床，那她岂不是只睡了两个小时？

早饭过后，我向道芳师要了个摘菜篮就去菜地了。这摘菜篮是竹子编的，有两个背带，一个很深的篓子，小孩子装进去没问题，更别提菜了。

忙碌了一个多小时，我的战利品是一大把豆角、一大根老黄瓜、一只大瓠子和一根紫茄子。

刚回到厨房放下篓子，道芳师的女儿说，道回师喊你帮忙。见到道回师，她喊我一起去藏经阁打扫卫生，我们用了一个多小时，将藏经阁的地板及书架打扫干净。

中午吃饭，我看到菜盘里有炒瓠子片和豆角丁，心里很高兴，多吃了两勺。

三 数米

两天之内，我学会了吃饭。道回师说要吃干净，不能浪费粮食；道元师说不能跷二郎腿，要把碗端在手中；道宏师说要坐到桌子的下位那里，把上位让给别人；道芳师说，上供的水果师父拿了之后，我们才可以随便吃。

这两日，好似在吃饭与吃饭之间度过的。打板由厨娘兼唱钟师父道芳师完成。所谓打板，就是敲击一个大竹筒，敲响它代表可以吃饭了。她一发出信号，我便循声而去，盛上满满一大碗米饭和菜吃，可仍然下顿还没开始便饿了。我暗自瞥了下，来吃饭的僧尼，盛的米饭并不比我多，道回师他们已经过午不食了。有一次，一个僧人甚至朝我盛得太满的碗看了一下，大概惊诧我这么瘦，怎么吃那么多。

吃完晚饭，洗过自己的碗，我在寺中走动，期待有新的发现。看到下山的路蜿蜒在眼前，便想约道回师一起走走。拨通道回师的电话，她说手中有些事要忙，忙完联系我。我问，是否可以帮忙？她说，可以，我在方丈楼的厨房里。

道回师正在为师父煲粥。走进去的时候，黑狗啸天躺在门口，看都没看我一眼。说也奇怪，这只狗见我的第一面似乎就认可我了。道回师吩咐我，擦干净两张桌子，然后和她一起数米。她端出两个托盘，一个盛散开的米粒，一个盛包好的米粒。

数米？我感到诧异。

拣出那些颗粒饱满的，以五粒为一组，破损的不要。道回师说。

比葫芦画瓢，我也拿一个小长柄勺拨那些米粒。说实话，这是我第一次认真观察每天都要吃的大米。它们白中泛青，圆滚滚的，是些小可爱。由于收割机的缘故，每一粒都有大大小小的缺口，严格说来，没有一颗符合标准。好像，没有一颗是没缺口的呀，我说。尽量拣出好一点的，这已经是最好的东北大米了，道回师说。泰国小香米是不是好一些？长长的那种，印象中没有什么破损。我们待会儿下山去买一袋？我提议。泰香确实好一些。不过，今天就不下山了。道回师一边进行包装，一边看一张表。

那是一张打得密密麻麻的表，写着几时几分和粒数。再看道回师用来包装的纸，每一包的米粒数都有不同的规定。道回师说，这是按《易经》数理给师父开的药方，要在不同的时刻放入不同的米粒煮。

这时，道齐进来说，今天的粥又只吃了两口。这几天，师父吃的都很少。

我和道回师一边拣米、数米，一边聊各自的生活。她大学时代便对佛法感兴趣，毕业后在深圳短暂当过老师，也在广州待过一段时间。在广州的时候，去一些寺庙听经闻法，参加法会，发现非常投缘，又很想探究一些精神领域的东西，变立志出家了。

我说，我当中学老师，跟脸上有青春痘的孩子打交道。纵然有一些调皮的孩子惹你生气，但又有一些可爱听话的孩子让心情好起来，达到某种平衡。

和道回师讲起不久前在北京出差的轶事。由于飞机超出极限地晚点加上因北京某路施工造成的堵车，入住酒店时已是凌晨三点。Y 主任和我同住，她简单洗漱后便睡下了，且很快响起不规则、若有若无的鼾声。一直以为“心远地自偏”的我通宵未眠。第二天早上，我失魂落魄地对Y主任说，今晚不和您一起睡了，请不要介意。她警觉，是不是我打呼噜了？很大声吗？我说，是我的抗干扰能力太差，您放心，我会保密的。第二天早上，我吃完早饭，脚刚跨进车门。全车的人都同情地对我说，你的脸色很差，我们都知道了，难为你了。回头看Y主任，她笑说是她自己说的。真佩服她的勇气和肚量！

道回师笑了起来，说有一回外出求戒，有二十来人同住一屋。晚上睡觉时，打嗝的、放屁的、磨牙的、说梦话的，应有尽有，但是太困，也顾不了那么多了，照睡不误。

两个人分好的米粒，看起来很像两大朵有着许多细碎花朵的花。道回师教我怎样用纸包米粒，怎样把纸上的数字露在外面。

有人拿了洪湖莲蓬过来，道回师接了两个，递了一个给我。我惊喜，季羡林在《一花一世界》里说，他特别喜欢洪湖的荷花，还在北大校园里试种，等了三五年，终于等成了一大片荷塘。

数完米，我和道回师绕菜园子转了一周。这次道回师带我去看道纯师种的花生。傍晚，这些花生的叶子都合上了。这是青岛人道纯师拿老家的花生种种下的。今年入秋，道纯师应可吃到家乡的花生了。

四　华严法会

道回师说，寺里每年都举行法会，但诵八十卷《华严经》还是头一次，我算是有缘人。

我来的第二天，法师们也陆续来了，午饭和晚饭丰盛了许多，吃饭的桌子也多了两张。道芳师吩咐，先让法师们吃，我们稍迟点。

前天晚上睡得太迟，午饭后，我照常睡午觉。正睡得香，听到诵经的声音，想睁开眼睛，却怎么都睁不开。傍晚的时候，请教道回师，她说法师们在洒净，念《大悲咒》和《心经》，也就是为第二天的法会做准备。我要想参加，需要穿上海青，在大殿左侧的柜子里找。

第二天早上，听到敲钟的声音，迷糊中拿来手机一看，才四点多，法会六点半开始，还早，便又睡下。这时，听到窗外淅淅沥沥的，下雨了。将近六点半的时候，有敲鼓声，我一看快到点了，便赶紧洗漱上了大殿。

只见法师们都披上了袈裟，道元师、道纯师她们也都穿上袈裟，颜色与法师们略有不同。在大殿的柜子里我找到一件黑色的衣服，应该就是海青了。往身上一套，发现有很多条带子，不知该怎样穿。情急之中，牵了腰间两根带子打了个结作罢。进了门，按道回师告诉我的，坐在左边最后排的凳子上。

我坐下，抬起头打量四周。有一位大法师身披红色袈裟坐在大殿正中，左右两侧分坐十来位穿棕褐色袈裟的法师，然后是仙岳寺的僧尼。每人面前摆了一大本和一小本红皮经书，书旁放了两支香，当书签用。凑近看，是《大方广佛华严经》上册和《华严字母》。这本上册，比一本现代汉语词典还大还厚，再加上另外两册，不重才怪呢！

诵经开始了，确切说是唱，但与后面的唱相比，又不能称之为唱了。有一位主诵，手持话筒，声音洪亮，其余人跟着齐诵。另外，有小鼓、小锣、小铃铛和木鱼的伴奏，叮叮咣咣的，配合默契。但是，诵经速度极快，我一句都听不懂。道回师不在身边，这种情况下问别人也不妥当，便只好硬着头皮自己看，字还是认得的。

掀开第一页。说是有一个龙树菩萨，读尽了世间书，便到龙宫里看藏书，看到了上中下三本《华严经》。上本有十三千大千世界微尘数偈，中本有四十九万八千八百偈，下本有十万偈。然后，他记了下本带回到西土。从西土传过来的，是八十卷经，三十九品。

龙树菩萨为什么拣少的抄记呢？好在带回来的是下本，要不然今天的《华严经》搬都搬不动呢！再往下看下去，我们手中的，还只是下卷本的前四十万五千偈，还有五万五千偈留在西土没带回来呢！

正为经书感到可惜，道仪走到我的旁边，说，你出来一下。

我不知所措。

道仪很严肃地说，怎么穿海青的呀，你以为是穿古代衣服呀！她告诉我怎样将右边腰上的带子和左边内里的带子打结，然后再将左边衣襟上的扣子扣到右边腰上的扣眼里。事后我才知道，道仪第一次穿海青，也是被别人这么说的。

回到座位上，依然是听不懂，像个无头苍蝇。自己接着看，《大方广佛华严经》名字的由来如下：大以当体得名、方以就法得名、广以从用得名、佛以就人得名，华以从喻得名，严以功用得名，经以能诠得名……总而言之，就是博大精深又很实用的好经书！

道元师见我完全跟不上，就好心告诉我现在正读的页码是什么。可我马上又掉队了，因为抑扬顿挫完全跟现代汉语不同，且一路读下去，完全不讲句读。

这种情况到了下午突然有了好转，基本能听懂了，速度跟上了，但对内容还是完全不懂。两天之中记住的有“解脱门”“不可思议”“次有香水海”什么的。“世主妙严品”里的“各各成就。各各欢喜。各各趣入。各各悟解诸法门”说得倒是很好。

休息的间隙，跟道纯师闲聊，身为山东人的她和我这个河南人一起表达了超级想吃馒头的愿望。她说，北京人道元师也喜欢吃馒头。道纯师会做馒头，道恒师也会做，但没一个人有时间。我下定决心，找空下山把某个大超市的馒头包抄了，过过馒头瘾。

五　听蛙鸣

上午，司机小廖开车下山办事，我搭他的车下山买东西，我已经在山上待了整整三天了。

小廖是湖南岳阳人，在一个公司上班，忙完公司的事他就来寺里帮忙，听说他做菜很厉害，会变很多花样。他带我到了当地较大的联华超市，我在半个小时之内扫了一推车的货：给释衍洪方丈的泰国茉莉香米，他就是大家口中所说师父；给道回师的暖水瓶，她的暖水瓶坏很久了；给道纯师的面包、红枣，她消瘦且贫血；给小男孩道道的小皮球和铜锣烧，妈妈忙起来的时候，陪他玩的只有大黑狗啸天和小黄狗格格；给我自己的一袋苹果。超市的十几个大老面馒头和几十个小馒头，全部被我扫荡了。

下午，仍然听《华严经》，间隙和道回师数米。她把之前已辛苦包好的米拆开倒回米袋，然后我们一起数泰香。我知道，她想让师父吃到好一点的米。

对我而言，这种泰国茉莉香米，不是没吃过，但却是第一次认真看。细长匀称的米身，滋润的白泛出柔和的光。米与米之间的不同，就如人与人之间的不同，有些米格外讨人喜欢些，就好像有些人格外讨人喜欢一样。

我重复着这样一个动作：比较完整、破损较少的米五个一组拨在一起，断裂的和个头较小的拨出来。攒够一定的数量，用写好不同数字的纸按数包起来，碎米则放进专门的杯子里。

进展顺利，我们一鼓作气把第二天要用的米也数好。傍晚时分，道回师便有了空闲和我一起散步。

走到放生池旁边，是一处斜坡，有台阶通往下面的甜瓜地和菜地。我和道回师在斜坡的顶端席地而坐。背后的放生池和山坡下的放生池里的青蛙，遥相呼应，听起来像是一些在唱，一些在和，夹杂无数小虫子或高或低的奏鸣。整个音区里青蛙是粗犷的男低音和主唱，无数的虫鸟是女高音和童音，它们是伴唱。

远远望去，是越过芸芸众生的连绵群山和广阔天际。我们待的这座山，漫山种下了珍贵的茶籽树。现在这些茶籽树结满了茶籽，成熟时会有山民采摘。收回目光，看到的是脚下斜坡不远处种的几棵树。其中的一棵罗汉松，树梢浅绿的叶子长在树枝上深绿的叶子上面，很明显地分成两个层次，但又浑然一体。在这棵树的两边各种了一棵桂花树，一棵是释衍洪方丈种的，一棵是道回师种的。

道回师说，桂花树很好养，栽到哪儿都能活。我很认同，我在深圳的阳台上也种了一棵桂花树，依靠自然的雨水就能活，一同买来的夜来香，却要天天浇水，否则就耷拉着叶子抗议。道回师说没见过夜来香，我拿手机里四月份拍下的夜来香给她看。它盛开的小花瓣非常像小星星，许多的花瓣就像许多的小星星。道回师说，真美。

我说起自己的梦，为什么好多次梦到同一个地方。道回师说，梦可能就是你在前世曾经去过的地方、曾经发生的事，带到了今世。比如传喜法师，他曾经经常梦到一座寺院，后来路过一个地方，一看，和以前梦境中那些场景很吻合。

我又说起不久前自杀的 P 主任。他刚退休两三年，上班时是个工作狂，不见得是个好人，但也一定不是个坏人。他精神矍铄，声似雷鸣，按他的身体状况再活二十年没有问题，却出人意料地在家上吊自杀了。

道回师说，人最不应该做的就是自杀，这种不正常的死亡方式不仅会影响他自己生生世世的轮回，让他一直留有痛苦的记忆，而且会对他最亲近的那些人造成不好影响。

夜幕完全降临，道芳师已经在唱钟了。钟声、诵经声、蛙鸣声此起彼伏，让人心生辽阔。

我们谈佛教的发展，交流这两天学习《华严经》的心得，分享她在法门寺和我在西藏布达拉宫的感受。我谈到在西藏扎什伦布寺看僧人辩经的情景，认为它是学习佛法一个很好的方式，可以成为其他省份学习佛法的一种借鉴和补充。

不知不觉，天空布满了点点繁星。天晚了，我和道回师各自回房休息。

一夜无梦。

到光裕书厅听评弹

苏州姑苏区的观前街是苏州最繁华的步行街了，这街上商铺林立，有很多丝绸店，充满苏州特色。观前街上的光裕书厅是听评弹的好去处。

据资料记载，清代后期是苏州茶馆书场最为繁盛的时候，当时苏州有四家最大的茶馆书场，有太监弄的“老义和”、皮市街的“隆畅”，临顿路肖家巷口的“金谷”和宫巷内的“聚来厅”，被称为“四庭柱”。曾被乾隆帝赐书“光前裕后”的光裕社每年还会举行年终会书，真是盛况空前。保存至今的光裕书厅从其前身算起，已有二百四十多年的历史了。

穿过观前街熙熙攘攘的人群，来到一处静幽的小巷子，从马路另一面遥遥传来唱评弹的声音。不过，这不是光裕书厅的评弹表演，只是临街饭馆茶馆里散兵散将唱评弹的。当你看到一个大大的广告牌，上书“姑苏八点半”，那才是快到了。

光裕书厅是一栋不大的三层小楼，白色楼体，楼顶用凸起的吊脚屋檐装饰，就像大部分苏州建筑物所用的那种灰瓦屋檐。正大门保留了原来的石质结构，上书“光前裕后”，显示着昔日荣耀。走进大门，是胡乔木先生所书“苏州评弹，中国一绝”八个大字。

走进剧场，只见舞台中央摆着两张用绣花丝绸包裹的靠背凳子，凳子中间放着一个小方桌，背后则是一个圆形屏风，上面是白鹭飞舞图。整个舞台布置简洁雅致。舞台下方共分三列，有八排，可坐上百人。每一个座位旁边有个极窄的长方形小桌，上可摆一个小茶瓶和几个小茶杯。观看一场一个小时演出的价格为八十至三百八十元，茶水免费。因为剧场并不大，可以买八十元的门票，完全不影响听的效果。

评弹表演开始了。主持人和女演员穿的都是长款旗袍，男演员则穿长袍。演出乐器极简单，女子怀抱琵琶，男子手持三弦（苏州本地人叫弦子）。两人向观众鞠躬、入座，就言归正传了。

原来，苏州评弹是苏州评话和苏州弹词的合称。其中，评话只说不唱，多为一人表演，边说边演，主要讲帝王将相、义侠、公案传奇等；而弹词多为双人表演，又说又唱，弹唱才子佳人、市井风情。今晚的演出有评话和弹词，共五个节目：弹词选曲《游山塘》《芦苇青青》、苏州评话《康熙·私访》、弹词选回《三笑·梅亭相会》、弹词开篇《蝶恋花·答李淑一》。其中，最精彩的要算评话《康熙·私访》和弹词《三笑·梅亭相会》。

《康熙·私访》的表演者是国家一级演员、著名评话表演艺术家王池良。只见他惊堂木一拍，一人饰演康熙、胡四两角儿，讲康熙微服私访，吃了小商贩胡四十八碗糖醋凉粉，却忘了付钱，最后写了个二百两银子的欠条了事。演康熙帝的时候用扇子显得潇洒倜傥，演胡四的时候用白毛巾擦汗擦眼泪显得卑微世俗，讲到精彩处惊堂木一拍。一个人一张嘴加上三个简单道具，嬉笑怒骂，把整个故事讲得惟妙惟肖。可能为了避免语言太隔，王先生用了普通话和苏州话共同演绎。在某手机软件上有王先生的评话《康熙皇帝》三十回，全部是用苏州话讲的，则是真听不懂了！

弹词《三笑 · 梅亭相会》是由著名弹词演员陈烽、谢英两人表演。表演的过程中，两人并不离开座位，女子弹着琵琶，男子拨着三弦，表演只靠对白、对唱和眉目传情完成。这弹词，果然重在弹功和唱词。

《三笑·梅亭相会》讲的是风流才子唐伯虎化名华安入无锡华府为奴，在梅亭与秋香邂逅，互诉衷肠。唱词特别有趣，先是华安哥哥秋香姐姐你侬我侬地互相表扬一番：

唐伯虎：姐姐啊，你好比一西施，我好比一范蠡，与你相逢同伴到浣纱溪。

秋香：哥哥啊，你是才学广、貌整齐，理应夸口比陶朱。我是人蠢俗、腹又愚，效颦怎敢学娇姬。

唐伯虎：姐姐呀，说哪里话来，你是玉骨冰肌人间少，兰质蕙蕊世所稀。

秋香：子建子都被你都占尽。

唐伯虎：唐寅是开心啊！秋香说我有子建之才、子都之貌，一人身上有两人的优点。哈哈哈哈！

秋香：惜乎了！

唐伯虎：惜乎什么？

秋香：惜乎你相府来做低微。

唐伯虎：姐姐，小弟来到此间，改作低三下四，都是为了你好姐姐呀！

秋香：呀啐！

在唐伯虎表明心迹之后，两人到小桥上看流水，秋香不小心将一个石块踢进了水里，荡起了波纹，水的波纹映在秋香影子的脸上。

唐伯虎：哈哈，秋香啊，你什么时候起了皱纹，变成老太婆秋香啦？姐姐啊，你是飘忽之间皱面皮。

秋香：哎，是个呀，我脸上一轮一轮，变成了老太婆秋香了。

这时，水面漂来一蓬水草，正好浮在华安影子的下巴底下。

秋香：啊，哥哥，你看呀！你安哥也苍然出了须。

唐伯虎：哎！真的是，我唐伯虎什么时候长了胡子，变成老头子唐伯虎了。这倒好，我么老头子，你么老太婆，正好和你一对老夫妻！姐姐啊，你竟是皱面皮，我竟出了须，我们多谢天公，来报一个喜。

秋香：报什么喜啦？

唐伯虎：与你将来成就这对老夫妻。

秋：呀啐——

整个表演亦庄亦谐，虽然情节简单，但是妙趣横生。坐唱的过程中，男子铿锵女子柔美，两相呼应，相映成趣，可以和站着唱的东北二人转相媲美。只是这弹词用苏州话唱更加软一些，要不怎么叫吴侬软语呢？

在中张家巷路上的评弹博物馆，看到一九三五年吴县政府县长吴企云给光裕说书研究社写的一封信，信中禁止男女搭档同台演出，让公安局查明禁止。设想如果没有男女同台演出，怎能有今日如此有趣的表演？

演出结束后，评弹表演者并不故意保持神秘，而是很快走出后台，来到大厅，准备回家，遇到观众想要合影也并不拒绝。门外突然下起了雨，不一会儿，演员们纷纷脱去光鲜的演出服装，换上 T 恤衫、牛仔裤等便服，骑上停在门口的电动车便回家了。

光裕书厅每周五、周六晚 7：30—8：30 是评弹专场表演，由专业演员演出，其中不乏国家一级演员。下午场是用苏州话说书，只需花个几块钱的茶水费，听众几乎都是本地的说书迷。但售票员说半个月内的票已经卖光了。爱听书的苏州人真的太疯狂了！

第三辑　视听

史上最有名的傻帽当属尾生了，不是生老病死，也不是征战沙场而死，而是等一个女子等死的。他就不会换个地方吗？可见是个死心眼。那个女子为什么没来呢？说不定就是因为知道他是个死心眼，并不真喜欢他，所以就不来。

等待，真实或者虚无

尾生与女子期于梁（桥）下，女子不来，水至不去，抱梁柱而死。

——《庄子》

史上最有名的傻帽当属尾生了，不是生老病死，也不是征战沙场而死，而是等一个女子等死的。他就不会换个地方吗？可见是个死心眼。那个女子为什么没来呢？说不定就是因为知道他是个死心眼，并不真喜欢他，所以就不来。即使真来了，人也早被水冲得不知去向，难保不会被误解为爽约。

史上最漫长的等待当属白素贞了。一条小白蛇，为了报恩，修炼千年得了人身。可是，这千年竟是为了换得和恩人的不知多少代孙子有一世的姻缘。这等待的必要性非常可疑，因为不可能将恩人从白骨堆中唤醒，告诉他，你看，你救我，我来报恩了，咱们两不相欠了。所以，应该表扬法海，要白素贞迷途知返，不要误了千年的修行。唯一合理的解释是，白素贞觉得人世间的情事好玩，想体验一番，所以即使被打成原形也在所不惜。可是，如果白素贞能爱上另外一条蛇，两个是同类，一起修炼，一起过蛇的生活，不是也很不错？

在武汉上学的时候，一个男同学热衷于给我讲民国才女林徽因的故事。于是，找来林徽因的传记看了，让我感慨的却是另外三个男人的命运。

徐志摩，就是他告诉自己的老师梁启超“我将于茫茫人海中访我唯一灵魂之伴侣，得之我幸；不得，我命。”志摩没有得到心仪的林徽因，却得到了交际花陆小曼。结果，因为要应付交际花的奢侈消费，这个才子诗人只能往返奔波。也许有感情，有《爱眉小札》为证。不过，最后的死，还是因为要乘飞机去听他亲爱的徽徽的演讲。另一个，哲学家金岳霖，林徽因有了烦心事就爱找这个大哥倾诉，结果，倾诉着倾诉着就爱上他了。于是，找梁思成摊牌。梁思成也不是凡夫俗子，说，你是自由的。最后，林徽因自由选择的还是梁思成。教授金岳霖怎么办呢？等待着林徽因爱他，终身不娶。不仅如此，林徽因死后，每到忌日，金岳霖就会叫上一帮朋友喝酒，以示纪念。可是得到了林徽因的梁思成，结局又如何呢？纵使有多宽广的胸襟，毕竟是个凡人，难保在两人共同生活期间，为一些别人对林徽因的爱慕争风吃醋。林徽因去世后呢？他一定想过这个问题，不过，犹豫着犹豫着，还是找了一个女学生林洙陪他过了后半生。

相比而言，爱得卑微的是张爱玲。那么高傲的女子，一旦爱了，竟会让自己低到尘埃里。这个男人竟然是胡兰成，花心大萝卜也就算了，居然能做出用张爱玲的稿费和另外女人生活的糗事。末了，嫌自己名气不够大，还写了一本《今生今世》，炫耀他和张的恋情。看到这里，所有正常的女人和男人，都会义愤填膺。

想来想去，觉得还是舒婷比较聪慧，“与其在悬崖守望千年，不如在爱人肩头痛哭一晚”。还记得，有一年武汉大学的樱花诗会，来了不少名人，长发的西川之类，也包括舒婷的爱人陈仲义。当时，我是协助会务工作的女学生之一。主持人介绍嘉宾，讲到陈仲义时，说的是“舒婷的先生陈仲义”。陈仲义马上站起来反驳，这么介绍是不对的，应该说是舒婷的指导老师、诗歌评论家陈仲义。大概是这个意思。心里窃笑，如果是个女人就不会这样计较。女人不是常常以是名人的太太而自豪吗？

今年冬天，特意去了一趟“舒婷的岛”——鼓浪屿，走在干净的沙滩上吹吹海风，在数不清的迷宫一样的小巷里穿来穿去，还吃了沙茶面。心想着，什么情啊爱呀的通通抛却一边，就每天闲散地过着柴米油盐的小日子，不是更真实吗？

等待到底是真实的，还是虚无的呢？于我而言，上大学的时候，一位男同学送给我一株水仙。那是我第一个喜欢的男同学，而他又恰巧送了我花。到底是不是那个意思呢？我猜了半年，半年后他用自行车载着另一个女孩在整个校园里飞奔而过，很拉风。我在漫长的等待中失去了爱情。

失败的等待不止一次，因为我生性是个不会争的人，遇见什么喜欢的也不想表明自己喜欢，好像怕自己一表明就不喜欢了一样。但是，所有等待的过程是真实的，躺着、坐着、走着、想着的都是自己想要的这个东西，写在纸上的也都是这个东西，可见心情是多么迫切。可是，对了真正该说的人，我不会说，也不想说。所以，很多的结果都变成了虚无的吧？

还有一个真实是等待真的痛苦，撕心裂肺。鲁迅说，“不在沉默中爆发，就在沉默中灭亡”，这是真理。

“问世间，情为何物，直教生死相许。天南地北双飞客，老翅几回寒暑。欢乐趣，离别苦，是中更有痴儿女。”又想起梁羽生笔下的白发魔女，也许情是虚的，而那一头白发是真实的吧？

世间最美的情诗
——我读《圣经》“雅歌”

写下这个题目，有人看到定会与我争，因为大家早已把“世间最美的情诗”这个称号给了仓央嘉措。2010年，电影《非诚勿扰2》上映，片尾曲《最好不相见》就用了他的诗。总觉得他的情太悲：“第一最好不相见，如此便可不相恋。第二最好不相知，如此便可不相思。”如果没有相见相知的人，一辈子活着还有什么意思？

同样悲情的还有很多中国的古诗。“君生我未生，我生君已老。君恨我生迟，我恨君生早。”如果真有爱情，年龄不是问题。还有发毒誓的《上邪》：“山无陵，江水为竭，冬雷震震，夏雨雪，天地合，乃敢与君绝！”恋情到了这个地步已经没有了轻盈的美感，难不成如果两人决裂了，地球人都不能再活？也有爱得形销骨立的：“衣带渐宽终不悔，为伊消得人憔悴”。

相比之下，还是李白“相看两不厌，只有敬亭山”有境界，两人含情脉脉地对望，你不厌我我不厌你，一切柔情尽在不言中。“两情若是久长时，又岂在朝朝暮暮”显出的洒脱也不错。如果对爱情有信心，时间不是问题，更不必因为暂时的分别哭哭啼啼。

所以，《圣经·雅歌》里情诗的明媚、爽直与单纯给了我莫大的惊喜。

惊喜一，对情人的赞美最到位。先说对美人的赞美。中国古诗里的美人一要算《诗经》中的硕人：“手如柔荑，肤如凝脂。领如蝤蛴，齿如瓠犀。螓首蛾眉，巧笑倩兮，美目盼兮。”二要算宋玉所言邻人之女：“东家之子，增之一分则太长，减之一分则太短；著粉则太白，施朱则太赤；眉如翠羽，肌如白雪；腰如束素，齿如含贝；嫣然一笑，惑阳城，迷下蔡。”不过，这些美大都集中在脖颈以上，大概古人喜欢上半身美的女人，也可能是因为古人的衣服包裹甚严。中国新诗里值得一提的是徐志摩“最是那一低头的温柔 / 犹如水莲花不胜凉风的娇羞”，可这美太模糊，只可意会不可言传。而“雅歌”则对美人进行了从头到脚的赞美。

> 王女啊，你的脚在鞋中何其美好！
> 你的大腿圆润好像美玉，
> 是巧匠的手做成的。
> 你的肚脐如圆杯，
> 不缺调和的酒。
> 你的腰如一堆麦子，
> 周围有百合花。

连肚脐这样私密的地方都关注到了，连脚这样通常不纳入审美范围的部位都关注到了，这样的美很具体，也只有最亲密的人可以观察得到。

这还不足为奇。连男人的美都描摹得很到位，大概只有“雅歌”做到了。且来看看：

我的良人白而且红，
超出万人之上。
他的头像至精的金子；
他的头发厚密累垂，黑如乌鸦。
他的眼如溪水旁的鸽子眼，
用奶洗净，安得合式。
他的两腮如香花畦，
如香草台。
他的嘴唇像百合花，
且滴下没药汁。
他的两手好像金管，
镶嵌水苍玉。
他的身体如同雕刻的象牙，
周围镶嵌蓝宝石。
他的腿好像白玉石柱，
安在精金座上。
他的形状如黎巴嫩，
且佳美如香柏树。
他的口极其甘甜，
他全然可爱。

这样形、色、味俱全的男子，在读过的诗中还是第一次碰到。中国古代的美男子，有春秋第一美男公孙子都、郑国的美男子子充，这两人在《诗经》和《孟子》中都有提到。还有西晋的潘安，大家说他美，用的是夸张手法。说是潘安出行的时候，连老妇人都往他的车里扔水果，把车都塞满了。这些都属侧面描写，只知其美，不知美在何处。“雅歌”直抒胸臆，赞美男性的身体，发前人之未发，真真填补了诗史上的空白。

惊喜二：行动起来有力量。让我们一起读一段写女子对男子相思的：

我夜间躺卧在床上，
寻找我心所爱的；
我寻找他，却寻不见。
我说：我要起来，游行城中，
在街市上，在宽阔处，
寻找我心所爱的。
我寻找他，却寻不见。
城中巡逻看守的人遇见我，
我问他们：“你们看见我心所爱的没有？”
我刚离开他们，就遇见我心所爱的。

因为相思，夜不成寐。是寤寐思服、辗转反侧？还是行动起来呢？她选择的是后者。大着胆量到处去找寻，遇见了人就问有没有见到她的爱人。功夫不负有心人，终于寻着了。中国古代的女子，除了相思成疾，就是相思而亡，如《牡丹亭》里的杜丽娘。她们也有没有力量反抗，眼睁睁看着自己的幸福化成泡影，如《孔雀东南飞》里的刘兰芝。如果人病了或死了，还能爱吗？还有力气爱吗？即使是我所喜爱的《诗经》，里面除了成堆的盼女，还有成堆的怨妇。中国人讲含蓄美，可是如果自己一心苦等，而别人又一点不知道，弄得自己生不如死，或真的死了，是否有些不值呢？

惊喜三：爽朗大胆的表白。中国的情人约会，时间常常是“月上柳梢头，人约黄昏后”，地点常在某小姐的后花园，时空上多有局限。这样固然会满足一种隐秘的兴奋感，但总觉得失之明朗。看看“雅歌”的明朗吧！女子约男子是这样说的：“我的良人哪，你甚美丽可爱！我们以青草为床榻，以香柏树为房屋的栋梁，以松树为椽子。”“我的良人，来吧，你我可以往田间去，你我可以在村庄住宿。我们早晨起来往葡萄园去，看看葡萄发芽开花没有，石榴放蕊没有；我在那里要将我的爱情给你。”幕天席地，在大自然中安放爱情，这多么自然、多么美好！即使是女性，也可以正常表达自己的情感，说出自己的愿望。这是一种单纯的美。这种美，在陕北民歌里听到过：“你是我的哥哥你招一招手 / 你不是我的哥哥你走你的路。”

让我还感到欣慰还有，“雅歌”里的女子和男子是得到众人祝福的，不管是女子的兄弟，还是女子的众姐妹，大家都祝福他们，帮助他们寻找幸福。这是多么好的事情啊！

“雅歌”在《圣经》中的分量不及百分之一，然而，论地位，窃以为可与《诗经》之“国风”相媲美。

失火的天堂及灵与肉
——重读冯至《昨日之歌》中的几首叙事诗

20世纪20年代诗坛上，冯至是不容忽视的一位诗人，他因创作了大量优秀抒情诗而被鲁迅先生称为“中国最为杰出的抒情诗人”。在他20世纪20年代的诗作中，还有为数不多的叙事诗，以《吹箫人》《帷幔》《蚕马》《寺门之前》等为代表。重读他的这类诗作，我们发现恰恰是这少有的几首叙事诗使得《昨日之歌》成为彻底的悲歌，冯至也可以因此被誉为悲情诗人。另外，关于它们的主题意蕴，有不少论者认为主要是反封建，其实，这些诗作的背后，还隐藏着更深层次的主题。

一　失火的天堂

我终于知道天堂的颜色了 / 它既非纯白，也不透明 / 它是火焰般的红 / 因为天堂早就失火了 / 神仙们都忙着救火去了 / 至于人间那些庸庸碌碌的小人物 / 他们实在管不着了。

——琼瑶《失火的天堂》

读冯至《昨日之歌》中的四首叙事诗，我们发现有三首都提到了“西方”或“西天”。《吹箫人》一诗的开头便是：“在古代西方的高山”，男主人公住的是个与世隔绝的地方；至于《寺门之前》则直接通过老僧之口：“什么地方是西天？”看来，“西方”或“西天”在其诗中是个极重要的词语。据佛教经典《阿弥陀经》，“西方”“西天”是指佛教所云极乐世界，它位于西方十万亿佛土之外，那里没有众苦，人们尽情享乐。《西游记》中唐僧曾到西天求取真经，考玄奘所去“西天”，乃天竺，即古印度。然而，冯至先生的诗中时间和方位都很模糊，没有资料显示“西方”或“西天”的确切所指，也没有资料显示冯至先生信佛——也许他在某种程度上受到过佛教的影响，但不能说这即是佛教所指西方。不过，我们可以借用一下佛教对西方的定义，把冯至诗中的“西方”“西天”理解为诗人心中的极乐世界，诗人心中的天堂。

诗人为什么选择“西方”或“西天”呢？这应该不是偶然的。《昨日之歌》中的第一首《绿衣人》向我们透露出这样一个信息：世上的人们正处于惶恐之中，随时都有不幸的事发生。随后的诗作中，不管是描写爱情的、友情的还是人情世故的，几乎都洋溢着一种哀伤的调子：如质问爱情的《问》、爱情幻灭的《我是一条小河》、爱中恐怖相思的《蛇》；如写友情中离别酸楚的《别K》、落寞相聚的《残年》、思念而不得见的《怀Y.兄》；写作者的热情不能见容于世的《一颗明珠》《不能容忍了》等。诗人在诗中不止一次地提到了人间的纷乱（《楼上》《怀》等），他甚至渴望：“愿有一位女神/急把快要毁灭的星球/一瓢瓢，用着天河水/另洗出一种光明！”（《狂风中》）这些诗都写出了作者的忧伤、孤独与失望，以及要摆脱这一切的迫切心情。

既然人间无处可待，那么去向何处去呢？“天上沉寂/人间纷纭——/这里又怎么能供我/长久徘徊/怅惘，孤独/终于归向何处/云含愁/水轻绉——/我若知他们的深意/就该投入水里/或跑到西山，入了云深处！”

（《楼上》）“夜色随了琴声颤动——/颤动的这座小楼/变成了西方的古堡/颤动得山上山下的树/都开遍了花/微风偷着花儿细语……”（《绿树外》）看来诗人心中早就认定了“西山”，认定那里有世外桃源，有风有树有花，却没有烦忧。故而在后来的叙事诗中，诗人让他的主人公故事发生在西方，而且诗中主人公的选择行为都是主动的。《吹箫人》中的他选择了隐居生活，而且还自得其乐：“他的心境平和/他的情怀恬淡，他吹他的洞箫/不带着一些哀怨。”《帷幔》中的少尼：“她毅然地走入尼庵中/情愿把青春的花叶，化作枯枝。”《寺门之前》中的老僧年少时是有过青春骚动的，不过他还是压抑了自己的本性而决定一心向佛。不管是对现实的逃避，还是为了寻求内心的安宁，总之，三位主人公都以为到了一个可以解脱的地方。

然而，他真的找到自己的乐园了吗？没有！吹箫人悠然自得的心境并没有一直持续下去，在一天夜里，他忽然有了别样的心态，他的箫声也开始变得复杂，他开始渴望“谁将他的心扉轻叩/可有人同他合奏？”他耐不住寂寞，终于“望喧杂的人间奔去”，经过苦苦追寻，找到了自己的知音——吹箫女郎。然而，先是女郎的父母阻挠，后来女郎又生了病，他用箫给女郎治病，他自己又因失去箫而得了病，女郎用箫给他治病，到后来两人都失去了心爱的箫，最后只得逃往深山。《帷幔》中的少尼，与拜佛的青年兄妹见了一面并知道真相后宁静被打破而病倒了，情窦初开后爱上一牧童，但无法与其结合，爱而不得使她的心神耗尽，香消玉殒。《寺门之外》中老僧多年的修行也是在一夜间轰然倒塌的，他因此而心怀愧疚三十余年，最后发出质问：“什么是佛法的无边/什么是彼岸的乐园/我不久死后焚为残灰/里边可曾有舍利两颗/一颗是幻灭的蜃楼/一颗是女尸的半裸！”连天堂也失了火了，灵魂再也找不到憩栖地了，这是彻底的幻灭。

这便是《昨日之歌》中悲情的极致，人间落寞，当你想逃遁时，却发现你极向往的地方却也救不了你，真是无处躲藏，再没有比这更让人痛苦的事了。如果说《昨日之歌》中绝大部分抒情诗抒的是渺渺悲情的话，这几首诗则让人实实在在地感到痛苦。因此，《昨日之歌》完全可以被称为悲歌，冯至不只是杰出的抒情诗人，而且是杰出的抒悲情诗人。

二　灵肉冲突

有不少论者注意到了这几首叙事诗的反封建主题，陆耀东先生说："这些诗，把反封建和追求自由爱情的呼声，以及诗人的思想倾向，隐藏在融化在精妙的构思和传奇性的故事里，艺术感染力较强。"他还特别分析了《帷幔》《寺门之前》的反封建意义。钱理群先生认为冯至的叙事诗"所表现的对于封建婚姻制度的憎恨与对爱情理想的追求，仍然是五四时代的"。又比如骆宾超先生说："冯至的叙事诗在抨击封建腐朽势力、追求个性解放上，始终表现为对现实的憎恨、诅咒的积极因素和对人世超脱、逃避的消极因素这二者的混合……"

当然也有论者注意到了诗作的其他意蕴，孙玉石先生在他的一篇文章里分析冯至20世纪20年代诗作哲理意味时，提到了冯至先生的叙事诗，他说："而更重要的是，诗人不再重复那时候流行的反抗封建婚姻的社会层面的思想主题。在冯至看来，这些社会层面的思想已经容纳不下他更深的思绪，他所追求的是，在动人的爱情故事的背后，隐藏着的一些更为幽远，更令人深味的生命的真谛。"孙先生看到了这点，但并未展开论述，他只是具体谈到了《吹箫人》，认为"这首叙事诗在爱情故事的背后暗示着这样的意蕴：喧嚣的人间无法容得下美丽的生命之爱，也无法容留真正的艺术之美的追求。"这和陆耀东先生的观点有些接近："《吹箫人》的主旨，是爱情和艺术不可缺一。"

对于这几首叙事诗的主题，当然是可以从时代原因方面考虑的，它们写出了五四以后青年的苦闷，反映了理想与现实的距离。但也正如孙玉石先生所言，冯至的诗作里面还是有些隐藏的东西的。我以为这隐藏的东西即是其叙事诗的深层次主题：灵肉冲突——人性中永恒的一对矛盾。

《吹箫人》写了灵与肉的三次冲突。男主人公开始选择独自隐居深山，还带了一支洞箫，看来他是做好了一切修行准备的，在仙境一般的地方，他找到了内心的宁静，可以说是获得了“灵”，然而很快就受到了干扰，奔向人间，这是第一次冲突；吹箫女郎病了，他用箫熬成的药给女郎治病，姑娘的病好了，而他再也不能吹箫了，以至于也生了病，这是第二次冲突；姑娘用箫医好了他的病，他们获得了爱情却都失去了心爱的箫，以致“剩给他们的是空虚 / 还有那空虚的惆怅”，这是第三次冲突。最后的结局暗示了灵与肉的不可统一性。

《帷幔》中的灵肉冲突则集中在诗的后半部分，少尼得知真相后，心中的寒冰溶解了，遗恨使她生了重病，情感的复苏使她爱上了牧童，佛教的戒律与世俗的爱恋构成强烈的矛盾冲突。她将这爱而不得的痛苦绣在了帷幔上，并无奈地叹息着：“可是我们永久隔阂着 / 在两个世界里——”，死前把帷幔抛给了牧童。灵肉冲突导致了毁灭。

灵肉冲突表现得最为激烈和大胆的是《寺门之前》，老僧自述的故事让人惊愕。他不仅在修行前有过强烈的思想冲突，而且在修行若干年之后，在一个夜晚与女尸发生亲密行为，并因此负疚三十余年。诗人用七节长诗叙述那晚发生的事，并对老僧灵肉冲突的失态用了五节加以刻画，细腻逼真。老僧最后的质问更让人震撼，多年的修行并没有让他获得灵的彻底解脱，本以为坚固的堡垒却在一夜之间坍塌，以后的修行也没有让他的除掉罪恶感，灵让位给了肉，道出了极乐世界的虚无与修行的无意义。灵肉冲突导致了永远的忏悔。

在这里，应该强调一下后两首诗对于出家人而言，他们应无情无欲，六根清净（六根指眼、耳、鼻、舌、身、意六种感觉意识）。佛家对佛徒都是有严格戒律规定的。少尼和老僧皆中了佛教所云“四魔”之一的“烦恼魔”（指诱惑人心神的欲望，亦称“欲魔”），老僧则直接犯了佛门四重之一“邪淫”（其他分别为杀生、偷盗、妄语，四重是指佛门所禁的四种重大罪恶）。出家人应是最追求灵的人，可他们也无法摆脱欲的干扰，这就更加写出了人性的复杂。

作为人，追求精神的高洁、心灵的自由与肉体的沉重、累赘可能是一对永恒的矛盾。忽然想起了诗人徐志摩的一句话：“是人没有不想飞的……这皮囊要是太重挪不动，就掷了它，可能的话，飞出这圈子，飞出这圈子！”

合上双眼，世界就与我无关
——读《马雁诗集》《马雁散文集》

一

临睡前，顺手拿来最新一期《散文》来翻。不知是不是自己的口味变刁钻了，总觉得近些年的《散文》从头翻到尾，也难见到合心意的。难免地，看这一期时，心情也淡然得很。

先翻目录，突然就看到了“马雁散文小辑”几个字，下属五篇文章，从题目看风格各异，更有用长句子的。先是疑惑期刊舍得用这么大篇幅出一个名不见经传的作者多篇散文了。接着，就掀到了《菖蒲花，难见面》这一篇。

前天下午去吃面，带着一本《聊斋志异》。虽是辛辣的面，却也吃得清爽。

还有这样给自己文章开头的，平民化得可以，吃面还要带上书，可见是个嗜书的人。接下来，讲到小时候看表姐的连环画《凤仙》，讲到《聊斋》中的《绿衣女》，讲《阅微草堂笔记》里的“鬼诗”——李贺的诗。看似毫无章法，却又浑然一体。尤其文章结尾中的几句：

> 菖蒲花不好看，黄黄的不见得娇媚，虽然那样难见面，见到了却也不过如此。但这是彩头，不能随便胡说。过天合适了，买些花盆，年年种它几十株。我且看看这菖蒲花到底有多难见面。

看到这里，心里喜不自胜。作者真是一个至情至性的人，内心含了对世俗的不服气和挑战，又天真可爱。惊喜之余，也特别想知道这菖蒲花究竟怎样一个开法。

第二篇是《未免有情，我私人的鲁迅记忆》。人人见得到鲁迅杂文的犀利、散文的深情、小说的深刻。马雁却见到了《野草》中刻骨的恶毒和华丽煽情以及杂文中的幽默。喜欢的是这句：

> 我之爱鲁迅就是爱他的生活，认真生活。只有看到这一点——认真生活，才能知道鲁迅所经受的是什么样的折磨和幸福。因为看到这些痛苦与幸福，所以心生爱恋，所以未免有情。

我忽然想到自己的鲁迅热爱史。上大学的时候，教比较文学的王雨海老师最喜欢鲁迅，也有着鲁迅式的爱与恨。在阅读上，我是杂食动物，逃课的时候，都是躲在图书馆看各种闲书。但对于喜欢的老师，从来不逃他的课，还坐在前排，很专注地听。王老师的课我就喜欢，听完课常找他谈天。我聊自己读的各种书，他常提鲁迅。我于是找来看了，但观点很难从众。杂文像匕首，但火药味太浓，我不喜欢；小说自然很棒，但太沉重；《野草》见到的是血腥，固然深刻，但料想写这些文字时，先生的身心并不愉悦；《朝花夕拾》尚可，但沉重的气味依然很浓，许多篇目看了让人悲哀得不行。最喜欢的倒是《故事新编》，私下认为是先生最具想象力和幽默风的力作。想来，先生写的时候一定开心得要命，就这一点，《故事新编》就有存在的价值。

读鲁迅，于我第一个好处是，考研究生的题目中恰有一个，答起来自然得心应手；第二个好处，王老师成了我的师友，保持至今。我记得，经常生活在痛苦之中的他有一次对我说，真想和一个女学生一起浪迹天涯。现在想来，那时，他也就三十来岁吧，已经厌世。不过，迄今，他也并没有走。

这篇文章的下方，意外地附了一张作者照片，对于《散文》来说，这很罕见；对于我而言，这很珍贵。照片中的马雁年轻清秀，但直直瞪着镜头的她，眼神中有种孤傲，是对这人生的不屈服吗？

接下来的三篇，我喜欢的是《独自生活》。如果说其他四篇是繁复的交响乐，那这篇就是单纯的小提琴独奏。

> 我的楼下有樱树，春天的时候会开樱花，有的是粉红色的，有的是浅绿色的，都不见得很好看，但花怎样才叫好看，也没有定论吧。有时候我会想，应该告诉谁我楼下每年都有这样的樱花开，很多年，从我小时候一直到现在。

这样淡然的句子让我心动。一朵花开了，对你而言很重要，可是对于别人呢？我想起桂花树，来到深圳，一直都怀念着武汉的桂花树。后来，忽然发现，在我生活了好几年的小区四周，竟也有着同样粗壮的桂花树，桂花开的时候，心中有莫大的欢喜。可是，谁会在乎呢？

万物有同样的音高，我们是一架琴，每一条肋骨都是琴弦，拨弄它们就会发出声响。因疼痛而产生的呻吟也有它被听到的权利。如果一个人坚信交流是不可能的，那交流就是不可能的。同时，即便坚信交流是可能的，交流同样是不可能的。人陪伴自己走完一辈子，你看，多么喧闹而孤独。

我似乎看到一个孤独而倔强的灵魂在诉说内心的痛苦。这痛苦又是多么高贵！我的内心被深深打动了，睡意全无。突然看到在最后一篇文章的上方，又附了一张作者照片，短发、俏皮的模样，旁边写着马雁（1979—2010）。忽然心中有不祥的预感。

二

最近的一个月，内心常被两种感觉包围：阅读马雁的急切和安静下来时的悲伤。

内心陷入非常悲伤的事件类似的还有两桩。学生时代第一次阅读《红楼梦》，看到黛玉焚诗这一节，眼泪突然就掉下来，然后索性哭了个痛快。仿佛那焚的是我写的诗，那却不了的是我的情。第二次，也跟黛玉有关，是演员陈晓旭的死。那时，我在武汉一家出版社当少儿图书编辑，有一天突然看到报纸上陈晓旭的死讯，心里异常难过。少年时代，电视剧《红楼梦》就是一个凄美的梦啊！而马雁，就像茫茫人海偶遇的一个人，交谈发现竟是知己，当你打算结为至交时，却发现永无机会了。

马雁（1979—2010），生于成都，诗人、散文作家。她的作品是死后由诗人、诗歌评论家秦晓宇编选的。摆在面前的是两本银装素裹的书：厚厚的《马雁散文集》和稍薄一些的《马雁诗集》。封面和扉页上是我在《散文》上看到的那张，只是作了水墨处理。先看哪一本呢？初识马雁，源于散文，就先看散文集吧！

马雁的散文被梳理成“读书与跌宕自喜”（简称读书）和“血肉有情之品”（简称生活）两大部分，随书附上了2004—2010年间的部分日记。阅读和书写马雁持续了一个多月，这首先是因为她的丰富性。在写作中，马雁如同一个武林高手，宏大的主题被肢解，而琐碎的生活又被赋予意义。这到底是怎样的一个人呢？

在极偶然的时候，她曾闪过结婚和生孩子的念头，但最终坚持的是朴素的独身生活。她立志做一个卑微的人，认为这样自己才能活下去。也建议能够接受她观点的人也过卑微生活，这样，世界就会好一些。她履行着自己认为的责任，“我关注，思考，睡很少的觉，只为责任。或者说我以为的责任。”她认为的责任是什么呢？她时常说自己是个学习极不用功的人，却一直在古典文献和西方文学经典中进行海量阅读，并且时有发现。她是一个清醒活着的人，经常受到幻觉和失眠的困扰，但却又去积极体验生活中的种种。她曾途经火车隧道，站在黑暗中，感受呼啸而过的火车，有过死的幻想，但最终又被活着的念头拉回来了。她不仅关注居处的一朵花开，也会关注自己出生和热爱的成都菜市场的消失问题，还作为一个观望者，关注着周围人的生活状态。她一定是想解决现实生活和精神生活的双重问题。她又是一个天真可爱的人，有一天她饿了，就杜撰了谁都没吃过的四种菜谱，竟然还有每种菜的具体做法。还有一天，和几个朋友喝茶，她突发奇想，高速路不要设收费站，每辆车过站都得念一首诗，还给每位诗友都设计了要把守的路段。参观了朋友的新家，她设想自己新家的模样，要有什么颜色的天花板、什么样的厨房和厕所、什么花样的瓷砖，屋外小花园种什么花，养几只猫，还很具体画了图样，即使自己搬新家遥遥无期……

马雁说，“我想成一个魔术师，就是说，关心那些无解的问题，或者尚未被发现的问题”。确实如此，她对许多事物充满探究乐趣，书、电影、现实中的一切事，只要她能见到的，她都有思考。她有一个习惯，喜欢每年对自己读过的书进行一个小结。我数了一下，2010年，她读过的各类书就有七十三本，古今中外的均有涉及。这不能不让深陷网络八卦新闻和频繁购物的我们震惊。她也常常关注她自己，除了高强度的写作，她写日记记录自己的所思所想。在日记中，你难看到茶米油盐的琐屑，大部分却是读书心得。

马雁的诗，题材涉及面广，简直可以用时时、事事入诗来讲。好像随意的抒写，细看竟是作者呕心沥血的营造。那意象的繁复、意境的新奇都可以见得出作者的才华横溢。马雁说："写一首好诗，将给生活带来无限的欢愉，仿佛因此认识到一条真理。的确如此，通过诗歌我们获得真理。"

今年四月份的时候，去成都出差，恰去了石室中学，那是个通体古香古色的学校。在校园内，见得到亭台轩榭、小桥流水，像是个私家园林。1991—1997年，马雁在这里度过了初中和高中生活。十五岁那年，在那里就读期间，她就发表了第一篇书评《一蓑烟雨任平生——黎静波〈烟雨今生〉》。我亦在一个傍晚，去了成都有名的宽窄巷子，那是个生活气息很浓的地方，有无数平易近人的茶馆、有着好名字的咖啡馆、琳琅满目的小食店，还有卖各种小玩意儿的。马雁经常在那里喝茶——我还曾天真地想，去的时候要是知道有个马雁，定是要见一见的。

顾城说："合上双眼，世界就与我无关。"马雁当然也可以做到如此洒脱。北岛说："诗人之死，并没为这大地增加或减少什么，虽然他的墓碑有碍观瞻，虽然他的书构成污染，虽然他的精神沙砾暗中影响着那庞大机器的正常运转。"可是，一个人认真地生活过，并且留下了痕迹，给了经常陷入苦闷的人以生活勇气，这难道不是最大的意义吗？

编辑秦晓宇说，满天风雨的马雁必将在她的文字中归来。归去来兮，马雁！

人生是一幕悲欣交集的剧
——读李叔同《悲欣交集》

因喜欢名字而选择一本书，大概跟因喜欢俊美的外表而喜欢一个人相似吧。“悲欣交集”，这个名字太好，忍不住买了。翻了，是近代艺术大师李叔同的诗词、书札、谈艺论佛之文等，竟别有一番天地。话说有一天，李叔同得到了一本书，叫《一梦漫言》，平淡冲逸如他，读后竟会“欢喜踊跃，叹为稀有。反复环读，怠忘饮食。悲欣交集，涕泪不已”。我的感觉大约与此类似了。

我好奇他的出家，忍不住先看的是《我在西湖出家的经过》这一篇。在我们看来石破天惊的举动，被弘一法师追述起来，竟是这样自然平淡。弘一法师出家前叫李叔同，有一天，他的学校里去了名人做演讲，李叔同和夏丏尊躲到湖心亭吃茶。湖心亭，就是清初文学家张岱在夜晚赏过雪吃过酒的那个亭子。夏丏尊说，他们这种人，出家做和尚倒是很好。李叔同听了，觉得有意思，第一次动了出家的心思。后来，他因为患有神经衰弱症，想要借助断食进行治疗，所以就跑到虎跑寺去断食。断食让他过了一段出家人的生活，他内心非常愉快，不仅喜欢那种生活方式，而且喜欢素食了。最后，他到杭州的灵隐寺受了戒，过上了自己想要的生活。原来李叔同出家不是我们所想的愤世嫉俗或看破红尘，而是满心欢喜的。

世人都熟知他作词的《送别歌》，热衷于讨论他前半生在滚滚红尘中的绚烂与后半生出家后一心向佛的淡然。看了他的文字方知，李叔同是这样丰富且亲切的一个人。他精专艺术门类的多种，且多有创见；他有了高见，却不板起面孔训人，而是先检讨自身，亲切周到；他出了家也不躲进小楼成一统，念佛不忘爱国。

丰子恺说，“文艺的园地，差不多被他走遍了”，这是实情。除了吟诗作词弹琴画画，他也演话剧，刻图章。他孜孜不倦进行各种门类艺术实践，并总结出自己的心得，对后学者有重要借鉴价值。

关于古诗词，在《呜呼！词章！》中，他谈到中国近代古诗词学习的怪现状。他在日本学习时发现，日本歌词沿用中国古诗，有百分之九十五，而中国人不熟悉中国古诗，还以为是日本所固有，大加称赞。日本学者通晓《史记》《汉书》，拿史书中事问我国留学生，他们竟然茫然不知所谓，甚至连《史记》《汉书》是什么都不知道，被日本人笑话。

关于音乐，他发现我国音乐界的弊病很多，恨作《昨非录》。诸如，出唱歌集不注强弱缓急符号，教员又追求简单，使得歌曲原有精神趣味皆失。学琴的人有娱乐的思想，没有音乐的思想，结果练琴不够勤奋。他建议唱歌的人先练习音阶和音程，学琴者先练习教则本（推测为有图有字、可以教弹琴手势的教材），学琴的人应像美国人那样，到校授课少，在家多练习，才有收获。他热心编辑《国学唱歌集》，或谱新声，或沿古调，并细分为五类：《扬葩》《翼骚》《修诗》《摛词》《登昆》。但他又时常进行反省，认为自己编得并不好，非常愧疚，请朋友把出书的版毁掉。

关于书法，李叔同也有很多心得。他认为，写字的时候，应该篆书、大楷、中楷、小楷四种都要练习，而不是每天只写一张，只练一种样子。初学者，应由篆字学起，这样可以顺便研究《说文》，对文字的起源明明白白，再练习楷字时就不会有很多错误了。他讲用麻捆起来做大笔和把四块大砖拼起来写大字的方法，读来让人忍俊不禁。他甚至还热心地讲用纸、用笔这样细枝末节的事。对于如何达到写字的最高境界，他的见解是，“以写字来说，也是要非思量分别才可以写得好的。同时要离开思量分别，才可以鉴赏艺术，才能达到艺术的最上乘的境界”。那是否可以理解为：初学时定要守章法，等到能运用自如，不必顾忌章法了，也便达到了最高境界？那也就是孔子所言“从心所欲不逾矩”的境界了吧。

关于绘画，他作《图画修得法》，认为“图画者，为物至简单，为状至明确”，对智育、德育、体育均产生莫大效力：于智育，可培养人的注意力、观察力、记忆力、想象力、判断力、审美力；于德育，可让人养成高尚的嗜好，高洁的品性；于体育，户外写生览山水佳境，运动肢体，神清气爽。竟然详述绘画对于体育的效用，可见李先生对于绘画之喜爱至极。他将绘画分为自在画和用器画两大类，自在画中的一种画法为“精神法”，他阐述画的精神为：“若者滑稽，若者激烈，若者和谐，若者高尚，若者潇洒，若者活泼，若者沉着，凡吾人感情所由及，即画之精神所由在。”这又何尝不是一切艺术所应有的精神？讲绘画的章节，常有示范画辅佐理论，这种异于许多绘画理论书籍的做法，让我这门外汉亦对每一种具体技法有了较准确理解。对于西洋画法这种国人所不熟悉的画法，他着力尤甚，不仅对初学描画者详讲位置、形、面、调子、色、画题、主客、构图、线、描法等，还分上下卷详讲木炭画、水彩画、油画、铅笔画、色铅笔画、黑粉条画、楂笔画、色粉条画、钢笔画等。他一言道出中西画法的区别：“西人之画，以照像（相）片为蓝本，专求形似。中国画以作字为先河，但取神似，而兼言笔法。”

他还是一个爱国的热血男儿，出家前曾在上海加入沪学会，在日本组织过赈灾义演，归国后编辑《音乐小杂志》、演新剧等，唤醒国人民族精神；出家后，他发出“念佛不忘爱国，爱国必须念佛”的誓言，不仅将佛学思想引入艺术思想中，使自身艺术上有了更深的造诣，而且带领许多佛门弟子走进艺术殿堂。

看丰子恺所画《弘一大师造象》，清瘦的脸上有种淡然的表情，手持念珠，脚踩草鞋，端坐椅上，若有所思。据说他涅槃时提笔在纸片上写了四个字——悲欣交集，这大概是对自己一生况味的深刻体会。

春天，想起海子

深圳的春天，繁花似锦，红得耀眼的勒杜鹃、木棉花、紫荆花总让人想起某种跟生命有关的事物，也让我想起想要在春天复活的海子。

安徽省怀宁县，这片神奇的土地，古时出过焦仲卿、刘兰芝令人惊叹的爱情传奇，还诞生了“千年一人”书法大师邓石如、“两弹元勋”邓稼先。那么，当代给她带来最大殊荣的当属海子了。这个十五岁就考入北京大学的天才儿童，十九岁成为中国政法大学的教师，二十五岁携带《圣经》《瓦尔登湖》《孤筏重洋》和《康拉德小说选》四本书在山海关卧轨自杀。在不到七年的创作生涯中，海子留下了两百万字的作品。

跟海子的相识源于十年前。

那是2002年的某一天，我在一个书店里漫无目的地挑着书，希望为自己即将动笔的本科毕业论文找点材料。当手指滑过舒婷、顾城等人诗集的书背时，忽然一个比较陌生的名字映入眼帘——《海子的诗》。带着好奇和疑问，我在买下了《舒婷的诗》《顾城的诗》之后，顺便买下了《海子的诗》。蓝星诗库出的这个系列诗集，包装清新淡雅，诗歌也是经过精心选择而结集的，现在仍是我的最爱。然而最重要的是，在那个平凡得再也不能平凡的下午，我与一个诗人一见钟情。

直到今天，我还清晰地记得，我在二舍 107 室那个简陋的上铺上，如饥似渴地阅读海子诗的情形。

看麦子时我睡在地里
月亮照我如照一口井
家乡的云
家乡的风
收聚翅膀
睡在我的双肩

——《麦地》

夜里，我听见远处天鹅飞越桥梁的声音
我身体里的河水
呼应着她们

当她们飞越生日的泥土、黄昏的泥土
有一只天鹅受伤
其实只有美丽吹动的风才知道
她已受伤。她仍在飞行

——《天鹅》

肉体美丽
肉体是树林中
唯一活着的肉体

肉体美丽
肉体，远离其他的财宝
远离其他的神秘兄弟

——《肉体》(之二)

我的心被一种强力攫取着，时而感到温柔服帖，时而感到莫名忧伤，时而感到阳光明媚，时而又孤独万分。一口气读完之后，我仿佛经过了一场神秘的洗礼，这个世界在我的眼中再也不同了。

于是，在海子的相关研究资料还比较匮乏的情况下，在手机和电脑都还未普及的时代，我借了一台电脑，码着我的毕业论文《古老麦田的现代守望者——论海子诗的民族性与现代性》。经过一个月如痴如醉的疯狂劳作，我给了自己一个还算满意的结果。那篇论文后来入选了学校的优秀毕业论文设计集。

2003年，我在武汉大学文学院一个小教室里接受五位教授的拷问，以便通过研究生面试时，有一个问题我卡壳了。我紧张得直冒汗。这时，一位很和善的教授问，你喜欢读什么。我说，我喜欢读诗。他接着问，喜欢读谁的诗。我说，海子的诗。他就问，能不能背两首。于是，我抬起头看了看他的眼睛，温和的眼睛里满是鼓励。我整理了一下思绪，背了自己滚瓜烂熟的《你的手》：

北方
拉着你的手
手
摘下手套
她们就是两盏小灯

我的肩膀
是两座旧房子
容纳了那么多
甚至容纳过夜晚
你的手
在他上面
把他们照亮
…… ……

我奇迹般地通过了面试。后来，又顺利成为这位对中国新诗研究非常有心得和建树、在面试场上帮了我一把的龙泉明老师的弟子。

2004 年，一个偶然的机会，我知道了海子最重要的传记《扑向太阳之豹：海子评传》的作者唐燎原在山东《威海日报》工作，于是冒昧地写了一封求书信并附上了书钱。没想到，过了不久，一本扉页上写了赠言的《海子评传》就寄过来了。上面称我为“张淼先生”，大概燎原先生不知我是男是女，抑或是一种尊称。这本书与我而言，是第二本珍贵至极的书。诗人写诗人，惺惺相惜，可谓海子的知音。其传记既有翔实的各种背景资料，又有许多独到的个人见解。

如果说最初是一见钟情的话，那么经过更深入的了解，现在我对海子便是日久生情了。我的生活在继续，对他的阅读也在继续。我一直有一个愿望，就是能够得到一本他的全集。但是三联书店 1997 年所出的《海子诗全编》早已绝版。

终于机会来了。2009 年的一天，我在看报纸时惊喜地发现，海子的好友、同为诗人的西川先生主持编了一本《海子诗全集》，由作家出版社出版，是迄今为止最为齐全的海子诗集。于是，当即买了五大本。当厚实如砖块的诗集邮到手上时，我仿佛捧着一个鲜活灵动的生命。

迫不及待地打开，首先看到的就是《生日颂》：

在生日里我们要歌唱母亲
她们把我们领到这个不幸的人世
在这个世界上只有她们无限地热爱着我们
因为我们是她的一部分

在这个夜晚我们必须回到生日
回到我们的诞生之日
甚至回到母亲的腹中
回到母亲的怀孕和她平静的爱情

可是，当我还想挑几首未看过的诗翻开，心脏就剧烈跳动起来，头也开始痛起来。这时，我已经是一个准妈妈了，在我的体内，孕育着一个神奇的生命。我的心脏忍受不了任何的重击。于是，我郑重地合上了书。

十年之间，我眼睁睁地看着海子从默默无闻而逐渐变得为世人所知：

2001年，《海子的诗》获第三届“人民文学奖诗歌奖”。

2001年，短诗《面朝大海，春暖花开》入选高中语文课本。

2003年，吉林人民出版社出版的《大学语文》教材选入他的《麦地》。

在各大学中国当代文学史的教材上，关于他的篇幅也长了起来。

2008年，在《南方都市报》纪念改革开放三十周年各领域杰出人物的专刊上，有了海子的专版。

…………

至此，我感到了某种如释重负。

在春天，如果你有一点点空闲时间，那么，就和我一起读读这首《面朝大海 春暖花开》吧：

从明天起，做一个幸福的人。
喂马、劈柴，周游世界。
从明天起，关心粮食和蔬菜。
我有一所房子，面朝大海，春暖花开。
…… ……

茶道与人生

——读冷香斋主人《无风荷动：静参中国茶道之韵》

这两日心中烦闷至极，忽然想起已经一个月未读书了，难道真的是面目可憎，以至于体内的小宇宙失衡？杨绛先生说，读书的好处在于“要参见钦佩的老师或拜谒有名的学者，不必事前打招呼求见，也不怕搅扰主人”，又说经常读书“可以脱去几分愚昧，多长几个心眼”。我竟至于忘记了这不必相约就可经常见面的老友？

眼睛漫无目的地在书堆里搜索，看到的是数月前已买还未翻启的一本——《无风荷动：静参中国茶道之韵》。因为太瘦，所以很少喝茶，但又因为爱着“幽雅阅读”丛书中的另一本，所以把它们一并买回。索性翻翻罢。

才翻几页便觉昏昏沉沉的头有所清醒，心中的污浊之气也开始被涤荡。

“日常饮茶，有时有意境，有时没有意境；有时有感悟，有时没有感悟；一年三百六十五日，有意境、有感悟的毕竟是少数。”不亦人生况味乎？我只许人生的每一天都有趣，岂不过于苛责？岂不徒增很多烦恼？

冷香斋主人总结茶道有四：清、和、空、真。“无缠绵之意味，无沉郁之感觉，谓之‘真’”“无邪异之味，无乖戾之气，是为和”，不亦处事之道乎？

茶德有九：清、香、甘、和、空、俭、时、仁、真。不亦君子之德乎？

茶香有四：浓香、甜香、幽香、清香。茶味有六：清、甘、滑、嫩、软、厚。佳人如茗，不亦佳人之千娇百媚？

书中处处谈茶事，又何尝不是在处处谈人生？

冷先生的茶具可谓简单，小盏、素壶，经常是玻璃杯，然而却喝出了茶的百千种滋味；喝茶的地点有时在冷香斋，有时在家，有时在山中茅屋，有时在茶友家，全看天时地利；喝茶的状态随性所至，或以书为伴独饮，或约二三好友共饮，喝出了人生的百千种状态。以茶修身养性，又因茶而结友，既可独乐，又有人同乐，真羡煞人也。

冷先生还精制茶道礼法十五条，作为茶人自律的依据。茶品、茶器、藏茶、用水、瀹茶、饮茶、茶时等皆有讲究，让人不禁心生敬意。当今之人，若做事皆能如饮茶般章法谨严，岂不与世道大有裨益？

忽然，看到文中所引唐释皎然的《饮茶歌诮崔石使君》：“一饮涤昏寐，情思爽朗满天地；再饮清我神，忽如飞雨洒清尘；三饮便得道，何须苦心破烦恼。”大悟，冷先生饮茶得道，我看先生之文消胸中块垒，不也得道了吗？

远方是一种诱惑
——读徐东《藏·世界》

这些自由自在的人啊，
他们不是没有羁绊，但是他们想离开家就走了，
想去远方就去了，想爱谁就爱了，
尘世中的问题不是问题，想做什么才是问题。
人是可以这样生活的吗？

——《藏·世界》

读完了作家徐东的短篇小说集《藏·世界》，不免惊叹，小说还有这样一种写法，可以这样写意、空灵、优美。这是一部难得的丰富而纯粹的好小说。其丰富性在于诗化语言、幻想性、寓言性，可以将之归为诗化小说、幻想小说、寓言小说等。但它又是纯粹的，相较当今文坛小说的都市现代风、乡村怀旧风或魔幻风，它直指人的精神世界，借助一个半真实半虚幻世界里的芸芸众生之口，谈梦想、爱情、自由、生死等永

恒话题，显得弥足珍贵。

守住时间的一群人

以真实的西藏为底板，作者加上自己的想象与幻想，塑造了一个如梦似幻的小说世界——藏世界。在这个世界里，生活着一群自由自在的人。如整日蹲在墙根下晒太阳的欧珠、格列，喜欢慢吞吞走路的罗布，拥有许多树的其米，喜欢收集羽毛的平措等。他们生活似乎没有什么确定的目标，想怎样过就怎样过，大部分时间都是在闲散中漫无目的地度过。作者说，并不是一个闲着的人对于别人来说就是完全没有意义的。在快节奏的今天，这样一些拥有慢生活的“闲人”正是你我所羡慕的，可能，仅仅让我们知道还有一种方式也可以过完一生便是他们存在的意义。这大概也是作者塑造这一群“闲人”的目的，抵抗快节奏时代给人带来的幻想缺失、身心失衡等不适。

英国作家罗伯特·路易斯·斯蒂文森在散文《为闲人一辩》中说：“所谓闲散也者，只要不是无所事事，而是大有作为，只是所做之事不为统治阶级的教条规定所认可，那就和勤勉工作一样，也有充分权利来陈述自己的立场。”小说中的那些“闲人”，虽然肢体上没有参加劳作，但是他们丰富的思维活动和语言活动，经常给身边的人带来惊诧与思考，从某种程度上而言，是更为辛勤的劳作。而且他们按照自己的方式生活，很开心，或者说稍微有些不开心，就会去找寻失掉的自我，这不能不让我们心生敬意。斯蒂文森还说：“实际上，当我们高高兴兴的时候，我们就在无形之中给社会带来了好处，只是我们自己不察觉罢了。”作者笔下的这些守住了时间的人，正是我们这个时代所缺少的人，也是让我们每个人羡慕的人。

远方是一种诱惑

关于远方，诗人海子曾写下这样的诗句："哪辆马车，载你而去，奔向远方 / 奔向远方，你去而不返，是哪辆马车"（《夜晚，亲爱的朋友》）"你从远方来，我到远方去 / 遥远的路程经过这里 / 天空一无所有 / 为何给我安慰"《黑夜的献诗》"远方除了遥远一无所有"（《远方》）。作者说，一切可以从远方开始。从远方开始，是一种新的人生角度和新的生活方式。所以，他笔下的人物都不可避免地要出走。他们沉溺幻想，喜欢做梦，对不可知的事物充满迷恋。欧珠说，"也许我将会去一个新的地方，这是谁都没有办法阻挡的事情"，他离开了自己的女人和孩子，牵一头头顶上开着一朵白莲花的牦牛去了远方。在雪山上看到深不可测的蓝天和圣湖中洁白云彩的画家格列，感到人间没有色彩可以呈现自己所看到的风景，知道了人在天地间的渺小，从此周游四方。"桑朵生根发芽又不断成长变化的灵魂在别处，闪闪发光"，桑朵也无法停下迈向远方的脚步。为了心爱的女人，罗布、达娃、扎西等也去了远方。

"飘飘何所似，天地一沙鸥"，人在天地间是渺小的，他所能占据的空间和拥有的时间都是有限的。但是人会做梦、会幻想，于是，人总想超越自己的平凡而获得某种自由，去看看未知的世界，行走便不可避免。

爱情的修行

这本集子中的多篇谈到爱情，但是作者似乎更愿意花费笔墨讲述寻找爱情的过程多么艰辛，对于爱情的结果倒简略带过。为了心中所爱，他们轻则失去财富、失去青春，重则失去生命。《贡加贡的时光》可以看作一则集中阐述爱情的寓言。西多和桑琼是一对相爱的年轻人，他们想要弄清楚爱的过去与未来，就根据神示历尽万难来到了贡加贡。可是当他们来到所追寻的爱的异境，爱情却因身体的失去温度也发生了改变，他们想回去却发现已无法回头。最后，死去的桑琼变成了一把刀，西多被封为了天使。他们想在异境修行自己的爱情，但是异境却夺去了爱人的生命。他们想清楚爱的过去与未来，却发现过去、现在和未来都是虚无。西多在时光停滞的贡加贡似乎获得了永恒的爱情，但是，他却拿着桑琼所变成的刀去砍贡加贡的时光。这是否预示我们，爱情必须以生命为载体，若活着都成了问题，那还能侈谈爱情吗？爱情的修行又是否一定要以生命为代价呢？

小说塑造了许多执着追求爱情的男性形象。整体而言，作家笔下的男性形象是正面的。为了爱情，他们坚定、隐忍、宽容。如罗布，他爱拉姆，所以愿意充当拉姆及其情人次仁私奔后的搬运工。再如其米，爱上了白玛，曾经被白玛的哥哥踢昏，但最终因为自己的执着，得到了甜美的爱情。最有牺牲精神的，当属桑珠。他喜欢的吉娜喜欢到处留情，甚至还和他的弟弟在一起。他为了逃避痛苦，总是一个人待在山坡上沉默不语。还有为了爱人龙娜泽而苦练赛马技术的昂仁。相对来说，女性形象则较多负面，她们长得漂亮，会唱动听的歌，但是对爱情不专一。如欧珠的妻子梅朵、格列的妻子桑娜、多吉的妻子拉姆、扎西的妻子卓玛索娜、桑珠的恋人吉娜等。只是，这些多情的女人似乎并不是让人非常讨厌，可能因为她们身上原始状态的美和对待爱情遵从内心选择的魄力。

小说里的男女都非常在意对方是否能和自己对话，是否能将话说到自己的心里。尽管他们中的一些人在未追求到自己的爱人之前，会和偶遇的男女睡觉，但是，他们会继续赶路，直到找到灵肉都能结合到一起的爱人。这应当代表了作者的一种爱情观：灵肉合一。作者在《拉姆的歌声》中说，事实上男人和女人睡觉这回事儿，就像蜜蜂爱花儿一样，这是自然欢乐的事。我想，这也是藏世界中人物没有给我们带来丑感的很大原因。他们遵从自己的内心，而不是压抑自己的欲望，这不正是保存了一种本真吗?

随着社会的发展，似乎我们的爱情也越来越脆弱。2004年，长江文艺出版社出版作家镜子的《爱无能》；2012年，杭州秋娱文化摄制的微电影《爱无能》上映；2013年伊始，社会学家李银河教授与著名作家浮石等参与的湖南首届“爱文化”论坛，集中讨论的话题之一便是现代人的“爱无能”。在网络上，你还能查到“爱无能”这种疾病的病因、表现、自查方法和治疗方法等。但是《藏·世界》告诉我们，还是有一些人在用他们蓬勃的力追求爱情，坚守爱情。如果可以的话，我想在治疗方法一栏补充上：阅读《藏·世界》。

小说的语言诗意、优美，许多篇目的句子抽出来排列起来就是一首优美的诗，这得益于作者的诗人身份。作者似乎也并不着意形成繁复的结构，人物的故事总是在简单的线索中缓慢推进，如同写意水墨，寥寥几笔却韵味无穷。书中各篇就像一个个独立的乐章，但是人物命运又彼此勾连，整体上形成了结构宏大的交响曲。即使个别故事的结尾显得仓促，或者由于作者过于重视对于人物内心世界的讲述而使小说的故事性略微受损，但那些充满魅惑的意象（石头、河流、马腿骨、羽毛等）和奇异的梦境已经可以让挑剔的读者忽略这些白璧上的微瑕了。

作者说，写作时，我让自己是自由的、是敞开的、是无所顾虑的，甚至是纯粹的。他做到了，因为整个的阅读过程中，我们可以感觉到这种自由和纯粹，以及作家沉浸在幻想和想象中的那种快乐与幸福。让我们忍不住赞叹他在尘世中仍然拥有认真执着的态度和一颗能够沉静下来的心。

我也在虚构一个属于我的世界

——读徐东《诗人街》

作家徐东曾说："我没有去刻意追求故事、细节，没有强调虚构的必要性，但故事、细节都在，我也在虚构一个属于我的世界。"

在《诗人街》之前的几部小说，如《欧珠的远方》《藏世界》《我们》《新生活》等，徐东已经初步显示了侧重想象和虚构的倾向。到了小说集《诗人街》，徐东已经完全敞开了自己，实现了计划已久的雄心壮志，那就是用充沛的想象力虚构了一个诗歌"乌托邦"：诗人街。

在诗人街上，生活的人物有：以恋爱为生的小青、追求失败的诗人康桥、因为慢的行为艺术表演而出名的小矮人蜗牛、提倡简单生活的书吧老板老樊、用行走追求人生诗意的老武、想要教人写诗的李多多……在诗人街上，人们的一切行为都与诗歌有关。小青以恋爱为职业，想要和她谈恋爱的人只要会背《再别康桥》这首诗就可以了。康桥的名字源于徐志摩《再别康桥》。李多多想要教陌生人写诗，他告诉小薇，"诗人街有一天将会像圣地耶路撒冷那样，成为人们朝圣的地方——诗歌使人们变得特别真实，变得有爱，变得包容，好像每个人都理解了所有人的行为，每个人都以爱的方式活着。”他还想象最后世界上所有的城市都有一条诗人街。《诗人街》给我们营造了一个诗歌“乌托邦”：在那里，人们爱诗，追求简单生活、慢生活，追求真实和纯粹，以爱和梦想为生。就像王安忆的小鲍庄，徐东为抵抗庸俗都市生活而制造的诗人街，必将成为他小说创作的一个标志！

尽管近年来致力于小说创作，徐东骨子里归根结底是个诗人——当然他本身也写诗，诗歌在他心目中的地位应是最高的。他曾在小说中借人物之口说：“诗是我们的灵魂之声，是我们的生命的语言，是我们与世界万物对话的一种方式，是我们在生活中的感受，是我们真实的自己。”因此，诗人街的出现，对于徐东来说是必然的。

这部小说集在结构上采用了“顶针”的手法，各篇独立，上一篇的某个人物会变成下一篇的主角（后四篇不在此列，建议可以统一），相互勾连，浑然一体，读来让人饶有兴致。《诗人街》叙事非常简单，像是一纸素描，但却着力于人物对话。可能出于表达主人公理念的需要，文中经常会出现长篇大段的对话，这些对话，多涉及生存、爱情、诗歌等精神领域的宏大主题。但过于密集的表达，如同滔滔江水倾泻而出，会让人产生阅读疲倦，如《推销诗集的人》结尾部分的大段独白，作家可以再做些更为艺术的调整。

迷失与回归

——读张伟明打工小说《无所适从》和《虚玄歌》

最近这几天，我常常想，美国作家梭罗，他在什么样的情况下决心到瓦尔登湖独自生活，还有绘本女作家塔莎·杜朵，有怎样的勇气用数年自己开辟庄园，种菜、养花、缝缝补补。我也常常想，为什么自己总要过段时间就回到生养自己的那个小镇去看看，或者到自己生活的这个城市之外的其他地方走走。如果不是这样，心常常无法静下来，手中的工作无法进行下去，生活中的一切会变得无味。

引起我这些思考的是作家张伟明时间跨度较大的两本小说《无所适从》（1999 年版）和《虚玄歌》（2012 年版）。

以打工文学小说《我们 INT》闯进文坛的张伟明和他所创作的打工系列小说，正像他所喜欢的中国摇滚乐一样，虽然不是文坛主流，但给文坛刮来一股劲风。他关注的都市边缘人的边缘生活，虽然充满琐碎、平庸有时甚至是无聊，但也是都市历史不可或缺的构成之一。诗人马雁说，因疼痛而产生的呻吟也有它被听到的权利。正像一幅画，想要突出它的明丽，一定少不了衬托明丽的阴影。无数到大城市里讨生活的打工仔就是城市这幅巨大画面中的阴影部分，关注他们的喜怒哀乐，谁能说没有意义呢？

迷失：不可避免的都市病

在长篇小说《无所适从》里，作者借海藻的口说出了都市边缘人的惶惑：在这个散满阳光的城市里我是不应该得病的，而我却不知道自己得了什么病。我到底是这个城市里的什么？是个流民？是个自由撰稿人？是个失业者？是个闲人？是个夜游患者？是个痞子？是个懒汉？是个行吟诗人？是个道德沦丧者？

《无所适从》中主要塑造了海藻、各各、秦俑三个人物。小说也被大致分成了“绿色泡沫”“迷离的颜料”“抛向空中的硬币”三个部分用以集中讲述三个人的故事，但三个部分又水乳交融地交织在一起，共同描绘了一幅城市边缘人生活图景。

海藻，本是农村人的他父母到城市打工，在城市生下了他，因为童年时代不停地随父母从一个城市迁徙到另一个城市，所以他的童年如他的记忆般虚无，无法触摸。到了成人之后，这种虚无感一直伴随他。他质问自己：我既无法把自己的根伸进这个城市里去，也不想把自己的根伸进这个城市里去，我还不知道我的根到底往哪儿伸。最要命的是我还弄不清楚我身上到底有没有根。好友嘉禾的死加重了他身上的“病”，他不想工作、不想交际、躲避人多而又光亮的地方。

他靠与女友菊做爱来逃避虚无感、逃避生活中的伤痛。他总是过一段时间便要离开这个城市，希望自己能够获得新的能量。但是每一次出游又给他带来新的惶惑，胡丽的突然出现与消失，列车上两次与胡丽的巧遇，让他已然分不清是现实还是虚幻，而胡丽又与传说中嘉禾挚爱的女友很相像。为了躲避自己很多莫名其妙的念头，他选择所有集结的人群，拼命在里边挤着，他挤进过游行示威者的队伍，还因此被警察审讯；挤进过厂房门口拥挤着应聘的人群，也因此被召进了电动玩具厂，在流水线上给玩具人安眼珠。最后，同居女友菊剪掉了长发，给了他巨大的陌生感，他要逃离眼前的生活，于是在冬季来临之前他拎起了旅行袋，要到一个有雪的地方走一走。然而，火车开动前，他看到一列与他相对着的列车窗口边坐着胡丽，而胡丽却用陌生的眼光看着他。列车开动了，他极度不安和焦急，怀疑自己上错了车。

如果说，海藻是因为出生的无根带来自己一生的无根感，那么画家各各，则是因为少年时代写生时目睹了一条蛇蜕皮时极度痛苦和极度扭曲的情形而有了与众不同的人生。她是中央美院的高才生，上学时起曾因和三位女同学脱光衣服的“行为艺术”轰动一时，毕业后去老家的一个师范学校任教。虽然她有着美妙无比的身材，但因为有一天她发现了自己的同性恋倾向，于是离了婚也辞了职，来到陌生的城市修整自己受损的身心。她算比较幸运的，遇见了能够给自己提供大画室和生活费以及温暖的女经纪人。她将全部的身心放在绘画创作上，因为她在绘画时感觉不到时间的流逝。在一次出游中，耕田的老农和守据黑洞的老大爷让她对生命的真谛有了感悟，她知道了自己要守据的东西就是那些千变万化的颜料。

推销员秦俑，为了自己的推销事业，靠和一个讨厌的中年妇女过夜拿到了四十台“摇摇乐”订单。为了拿到另一个大订单，他请商场采购部白主任吃饭，在订单的诺言下，两次不要命地拼酒。为了自己手下推销员露能够拿到一份订单，设计蒙骗。然而，在游戏场里，他一直都是失败者。第一次栽倒，是因为被自己手下一个经验丰富的女业务员所骗；第二次，他所喜欢的女推销员剑因为不喜欢他所讲的游戏规则而选择离开。秦俑不想像海藻那样生活在边缘，他喜欢来劲的、刺激的生活，但是他每次做重大决定都用手中的硬币，包括工作，包括剑，结果剑离开了，他的推销事业也会变成巨大的虚无。对于人生中的重要选择，秦俑却用抛硬币这样简单的方法决定，显示了他对自己头脑的不自信，以及对外部世界的不自信。他不想生活在边缘，却不能逃离生活在边缘的命运。

像这样到城市里讨过生活的人，还有中短篇小说集《虚玄歌》之《姐妹》篇中的杨青、钱湘云、罗虹、艾娜，《小城日子》篇里的“我”、诗人桑等。可他们却无法适应城市里的生活，要么频繁跳槽，最终无法融入而离开，如杨青等打工妹；要么赚得一些钱后逃离，想寻找一种更安静、更本真的生活，如“我”、诗人桑等。为了更清晰地表现这种迷失感，作者直接用“迷失”命名《虚玄歌》中的一篇小说，并且把故事中的男主人公命名为“谁”。

作家张伟明经常在深圳与家乡之间往返，而他自己在深圳底层当打工仔的经历和心灵体验，成为小说中主人公故事的蓝本。他所说的海市可以认为是深圳的缩影，他所说的生活在海市里的人也可以一定程度上认为是深圳人。来到深圳的每一位外来人都经历过无数辛酸苦辣，更别提没有什么文化或者家庭背景的普通打工仔了。

2008 年 5 月，中国第一本全景式反映打工妹群体的长篇纪实作品《深圳打工妹》在第四届文博会 8 号馆亮相。该书书写了改革开放尤其是深圳特区建立以来几代打工妹进入深圳的历程，反映了她们在深圳的奋斗、成长，讴歌了她们的巨大贡献。虽然她们或他们对于一个城市的发展来说这么重要，但在深圳的报纸上，同样经常看到打工者为讨薪水而绝食、自杀或行凶的新闻。每当看到这样的新闻，我的心总是很痛。这些把青春和汗水洒在了工厂里的螺丝钉上的人，这些抛妻别子、无法和老父老母团聚的汉子，这些因为意外而把自己青春的容颜永远定格在最美丽时刻的女子，他们要被逼到什么份上，才会改变自己善良与纯朴的天性而要闹得鱼死网破。

在城市里经历了虚无、迷茫之后，出路在何方？如果说,《无所适从》主要给我们呈现的是都市边缘人的无所适从，那么《虚玄歌》则是要给我们寻找可能的出路。

回归：义无反顾的还乡

闽南诗人庄伟杰有这样一首短诗：

> 归来吧 / 倘若露水已然打湿脚步 / 就把心回放到故乡的手掌里
> 归来吧 / 既然异乡的月亮令人黯然神伤 / 何必把根移到外面世界
> 归来吧 / 与其让记忆和时差错位 / 不如以水的方式探询幽渺岁月
> 归来吧 / 踏浪而去凌空而来 / 幸福的风景就在此刻抵达
> 归来吧 / 在铺满浪花的大海 / 张扬那片雄性的桅杆

这首名为《归来吧》的诗，写出了所有出门在外游子的期盼。哲学家海德格尔在《存在与时间》中说："唯有这样的人方可还乡，他早已而且许久以来一直在他乡流浪，备尝漫游的艰辛，现在又归根返本。"在他乡流浪应该包含两个层面：躯体的和精神的。那么还乡也应该包括两个层面：躯体的和精神的。

考虑到两本书的创作间隔时间，作者张伟明经历了十余年的找寻，终于为海藻等都市边缘人找到了可能出路：还乡。这很明显地体现在《姐妹》和《小城日子》中。

在《姐妹》中，作者塑造了几个在珠三角打工多年的打工妹"还乡"之后的经历。这些打工妹来自天南海北，在深圳或周边南方城市打工多年，因为渴望有个属于自己的家而随男友嫁到南方山村，如杨青、钱湘云、罗虹、艾娜等。作者说，“她们像是一群从海水里游进淡水河里的一群鱼”。虽然她们和村民语言不通，大部分时候要靠手势交流，她们也会想家，可她们勤劳能干、心地善良、互相帮助，她们慢慢在这个陌生的地方生了根，也有了属于自己的幸福生活。比如会折纸手艺的杨青，为村民“送金”或“送银”，她的心灵手巧赢得了村民的尊重。村民不仅会送上她喜欢喝的米酒，还会包上数目可观的红包。她不仅成为“自由职业者”，而且有了自己的“社会地位”——村民敬重她，姐妹们喜欢她，丈夫爱她。再如艾娜，尽管一开始知道自己要做一个六岁孩子的后妈很难接受，但她挺过来了，不仅在整个山坡上种满了柚子苗，还研究腌制柚子皮的方法，善良的她把孩子也接了回来。再如饲养山地鸡的罗虹，尽管屡次遭到失败，但坚持不懈，终于找到饲养山地鸡不受天气影响的好办法。

《姐妹》虽然没有过多运用小说技巧，但纯朴明朗，女人之间的温情让人感动。

作者浓墨重泼的应是《小城日子》，这篇小说在《虚玄歌》中篇幅最长，塑造人物形象最多，还乡的主题也更为明显。

在《小城日子》中，生活着许多的“外来人”，有在城市里失魂落魄偶遇小县城而落脚不想离开的“我”，有要逃离至此爱上小县城大树、河流、池子、女人的诗人桑，有为了保守自己的秘密而来到小县城想正常过日子的台湾程等。这些“外来人”与小县城有了关联而无法或不想离开，“我”与小狗草草，诗人桑与女人哀哀，台湾程与当地老婆等。

“我”像猴子般在县城大树上攀缘的时候，忽然想通了自己痛苦的原因：人类总要腾出手来大概只有一个目的，那就是要使自己尽可能地去多抓住任何东西，结果终是两手空空的，人类便变得闷闷不乐，身心焦躁起来。这也说出了众多逃至小县城的人想留下来的原因。从表面上看，“外来人”是因为具体的关联物而留在了小县城，从深层次来看，是因为这里不仅可以安置他们疲惫的身体——不必再为生计而劳形，也可以安置他们的精神——不必再因为困惑或虚无感而痛苦。也即从身体和精神上的双重还乡。即使这并不是他们自己的家乡，但“此心安处是吾乡”（苏轼《定风波》），他们在这里也便是还乡了。《姐妹》中的众多打工妹也是如此，即使她们回到的是丈夫的家乡，但能够安居乐业也便是还乡了。

《马言马语》讲的是一匹马辗转于多人之手的故事，最后马终于找到了自己想去的地方，望着那些山峰和山峰顶上的星星，他流出了泪水并发出仰天长啸。虽然表面上是马的故事，事实上依然是一个颠沛流离的人最终找到了归宿的故事。

小说《虚玄歌》和《迷失》提供了另一种意义上的还乡——死亡。这两篇小说有着不同于其他小说的质地。主人公不是打工仔，而是在自己的生活境地中充满惶惑的人。《虚玄歌》中的主人公刘冬是个成功的乡镇企业家，手上既有纸袋厂、腐竹厂和砖厂，也有几个女人；上大学时有梦想，还是个环保主义者，但是在社会上打拼几年后，他说脏话、爱赌博、养情人。一个哥们的死惊醒了他，康师傅的“虚玄歌”拯救了他，最后，他在康师傅的“虚玄歌”中平静死去。《迷失》中的“谁”是高校在读研究生，在他的宿舍里，有各种有生存困惑的人。“谁”本来期待和女生岛子有一场亲密接触，但他的爱情谎言被岛子识破，遭受失败的他在倒挂单杠时突发脑溢血而死。

《圣经》里说：“你必汗流满面才得糊口，直到你归了土；因为你是从土而出的。你本是尘土，仍要归于尘土。”死亡是一切喜怒哀乐的终结，也是最彻底的解决方式。当精神灰飞烟灭，身体归于大地时，也便是“还乡”了。

《虚玄歌》与《好了歌》

小说集《虚玄歌》中第一篇小说便是《虚玄歌》，在后来的《小城私语》篇中，洪长灰收集石头的石室叫“虚玄石室”。所以，理解“虚玄歌”本身对于理解整部小说有重要意义。

《虚玄歌》中第一次出现“虚玄歌”是刘冬哥们的葬礼上。在葬礼上，有一个老者拿着惊堂木边唱边拍，使刘冬的心灵有了震颤。这第一次听到的歌词是：

百岁犹如草上霜
人生堪叹速忙忙
忽闻孤雁列成行
又见春花谢尘壤

二月燕子口含泥
一只飞高一只低
人生恰似同林鸟
大限到时各自飞
…… ……
十二月来年又终
渐交新岁又相逢
阴晴圆缺有时尽
日落西山水长流

这些唱词道出了人生的无常与无奈，刘冬听得入心入肺，泪水涟涟。与老者的初相识，让他意识到了生命中有一些重要的东西，于是，他与康师傅相约，以后让康师傅为他一个人唱，惊堂木为他一个人拍。此后，刘冬又在处理挖黄土纠纷、情人老三出走、竞选村主任的纠纷、全胎宴后等事件后分别请康师傅为他唱了“虚玄歌”。这几次歌唱中充斥着“堪叹古今人易老，荣华富贵也徒然”“光阴似箭似抛梭，人生如炬原如梦”“除了鼻头三寸气，万两黄金也是闲”“五行八字命注定，灵丹妙药也难医”等语，又用众多历史典故作喻，把人生的道理讲得明白透彻，刘冬一次次受到洗礼，也一次次发生着蜕变。在最后一次“虚玄歌”的歌声中，刘冬嘴角像他死去的哥们一样浮现出了古怪的微笑，他终获解脱。

《红楼梦》第一回中，甄士隐在丢了爱女英莲，家被火烧毁，投奔丈人却被骗等情况下，路遇跛足道人，只听这道人念念有词：

> 世人都晓神仙好，唯有功名忘不了！古今将相在何方？荒冢一堆草没了。
>
> 世人都晓神仙好，只有金银忘不了！终朝只恨聚无多，及到多时眼闭了。
>
> 世人都晓神仙好，只有娇妻忘不了！君生日日说恩情，君死又随人去了。
>
> 世人都晓神仙好，只有儿孙忘不了！痴心父母古来多，孝顺子孙谁见了？
>
> 这便是《好了歌》，道人接着又说：“可知世上万般，好便是了，了便是好；若不了，便不好；若要好，须是了。”

《好了歌》揭示了人生无常、万境归空的道理，还暗示人断绝俗缘便得解脱。果不其然，甄士隐听了之后，跟着跛足道人走了。

在《虚玄歌》中唱歌的是老者康师傅，在《好了歌》中，唱歌的是跛足道人，除去康师傅以此为职业获取报酬外，两人身份极其相似。从歌词的内容看，都讲人生聚散无常、贫富无常、得失无常等，有极大相似性。可以说,《虚玄歌》也就是《好了歌》。正像《好了歌》在整部《红楼梦》中的重要意义一样,《虚玄歌》在张伟明这本新作中有极为重要的意义。

作者张伟明是广东人，文中的“虚玄歌”应是指客家山歌的一种。客家山歌还有劳动歌、劝世歌、行业歌、耍歌、拉翻歌、谜语歌等。各种歌词结构大致相同，每首四句，每句七字，逢一、二、四句多押平声韵。曲调丰富，旋律优美，善用比兴，以双关见长，语言生动通俗。客家山歌是客家人的口头文学，风格独特。《虚玄歌》在给我们提供了另一种解脱出路——归于道的同时，也对客家山歌文化进行了弘扬。

在《虚玄歌》开篇，作家引用了《圣经》传道书 3：

> 生有时，死有时；栽种有时，拔出所栽种的也有时；杀戮有时，医治有时；拆毁有时，建造有时；哭有时，笑有时；哀恸有时，跳舞有时；抛掷石头有时，堆聚石头有时；怀抱有时，不怀抱有时；寻找有时，失落有时；保守有时，舍弃有时；撕裂有时，缝补有时；静默有时，言语有时；喜爱有时，恨恶有时；征战有时，和好有时。

无论是《虚玄歌》，还是《好了歌》，我想都指向一个共同所在：放下。

这也是整部小说给我们的最重要的东西。

被风雨压下又弹起的花枝

——读李双鱼《落花返枝》

翻看深圳诗人李双鱼的诗集《落花返枝》，封面上有这样一句话“为了尘世中获得的欢喜，为了我们被风雨压下又弹起的花枝。”这恰可以代表他生存的状态——尽管有风雨摧残，但依然能够奋力弹起，过他有小欢喜的人生。欢喜的内涵大约有：与亲人相守、与友人欢聚、写诗与饮茶等，借助诗人的生花妙笔，变成了一首首带着人间烟火气，带着诗人思想灵气，深扎大地又花繁叶茂的诗。

李双鱼籍贯广西省博白县，2003 年南下深圳打工后，辗转于广州、上海、杭州等地，后尘埃落定于深圳。从《一半》《幽居》《城中村》《深圳湾》等诗中我们大约可以看出诗人曾经漂泊不定的生存状态。这样的生存状态逼得诗人失眠：“我常常不能入睡 / 感觉黑暗中 / 有累、有催、也有追 / 半夜听雨打窗台 / 心如打鼓 / 声如爆竹”（《夏至》），使得诗人落泪：“这个下午，我翻了一本又一本的书 / 始终读不下去，打开电脑，听忧伤的歌 / 我不为她们只为自己哭泣，一个人 / 不用强忍泪水，不用虚伪说：活着不累”（《佳期》）。本性单纯善良的诗人甚至自责：“我有市井气 / 我有不安心 / 我有囫囵一世”（《幽居》）。他对自己“异乡人”身份强烈不适，借酒浇愁：“有时候喝酒，并不能消弭 / 你所受的伤。昨天晚上 / 你赤手打碎了一扇玻璃 / 冷空气，我必须强调这是深圳的 / 带着某种英雄主义的意味 / 甚至有点血腥 / 有点止不住”（《伤口》），再如《夜空》《玉米》等。这类诗篇在李双鱼的整本诗集中占了较大比重，代表了深圳南漂一族所共有的艰难生存状态。

面对苦难，与同时期部分诗人的无病呻吟或者过于渲染悲痛不同，李双鱼是克制内敛的，他只肯让自己的忧伤透过那么一点小缝儿显露出来。李双鱼诗歌的过人之处在于，他并没有仅仅停留在悲伤的倾诉或者愤怒的控诉中，只是用亲情、友情、诗与茶等来抵抗生活给他的重压，给人含泪的微笑。

先看亲情诗。他非常珍惜与母亲相处的时光：“我推掉一切文人雅集 / 只为卧病在床的母亲 / 剥一颗熟透的荔枝”（《可园》）。即使住在破败的城中村，他也仍然找到生活乐趣：“你在城中之村 / 也在村中之城 / 目光四散 / 你怀抱不到一岁的女儿 / 抱坐在一根铁链 / 荡起了秋千”（《城中村》）。这让我们触摸到诗人内心的柔软。诗集开篇《最好的礼物》写了自己和妻子初相识、后相知相守的深情：“这些年，我辗转广州、上海、杭州 / 四处奔波。你在深圳，顾此也照彼 / 你我一起开展新生活，珍爱如初 / 将爱情和女儿视作上天赐予的最好的礼物”读到这里，我们庆幸诗人在现世生活中有相知娇妻和可爱女儿陪伴。

在李双鱼的生活中，朋友占很大比重，吃茶喝酒，吟诗作赋，畅谈人生，不亦快哉。李双鱼念旧：“这些年，你从 A 城跑到了 B 城 / 从 B 城返回了 A 城 / 两点之间，落下旧人无数 / 你念旧，总有一些不舍 / 如在梦中也会念出那些旧名字”（《旧旅馆》）；“我想起一些像黑芝麻散落在广州的朋友 / 他们带着异香，细微而泛光 / 相比去见雨中孤独的广州塔 / 我更想去见他们俗世的一面”（《过广州》）；懊恼友人不能常聚首：“我自取书架上钱锺书著之《管锥篇》/ 繁体字版，顿感化繁为简容易，由简入繁不易 / 犹如诸友之不能常聚，落花之不能返枝”（《清明日，与诸友小聚》）。李双鱼的诗整体上体现为克制的柔美，但写到友人相聚时常常喜不自胜，甚至变得充满奇思妙想：“我说，你好，这是我的名片 / 有一间诗歌旅馆，可以使用我的名片 / 插卡取电，甚至也可以取暖”（《你好，这是我的名片》）。这首诗是诗人少有的幽默随性之作。在这首诗里，诗人看似对“你”实则对自己阅读和写作状态作了戏谑描述：“因为我开始分析你的病例：写诗，阅读又加重了 / 血管堵塞，你试图从文字的淤泥中挖掘一条通道，你甚至感到这是无用的 / 并不能使你与另一个写诗的人相遇”（《你好，这是我的名片》）。诗人和友人深中阅读和写诗的毒，即使这些是“无用”的，但仍幻想有一间诗歌旅馆，让自己的诗给人带来“电”和“暖”。

李双鱼的诗还有一个很明显的特点，他有一批写植物或食物的诗。我从目录上大致数了下，直接以植物、食物为名的诗就有四十多首！再加上其余间接写植物、食物的，真是蔚为大观！这些诗的内容主要涉及亲人、友人、人生等，简洁明朗的诗风、巧妙的譬喻、丰富的内涵让人爱不释手。如《白萝卜》：“如果回忆 / 最早出现甜的一幕 / 应该是：平山村 / 冬天的田野 / 我和父亲母亲 / 一起拔萝卜”。诗歌由友人聚会谈起，看到妻子为女儿剥甜橘子，想到自己和父母一起拔萝卜的情形，这些都是诗人生活中幸福的元素。再如《鸡蛋花》：“我和妻子蹲下来 / 捡拾鸡蛋花 / 仿佛在路人的眼中 / 我们仍是不曾长大的孩子”，让人感觉温馨幸福。谈人生的如《落花生》：“十年前，我读过落花返枝的故事 / 十年后，我明白落花返枝的场景 / 过于虚无，还不如围坐火炉 / 剥几颗盐水花生，来得快活”，显出历经世事后的豁达与返璞归真。再如《春茶》：“这竹林杉树包围的茶树与那寺院庭中的茶树 / 哪个来得低俗？哪个更为高拔？/ 其实都是人生，何必较真 / 我们都要为之俯首、吹气 / 眉间微皱，渐展三寸舌头。”这首简直有看破人生百态的禅意了。

植物诗的源头大约可以追踪到《诗经》。大量植物、食物诗的出现，既与诗人年少时生活的故乡有关，也与诗人关照世界的态度有关。植物属于大自然的一部分，相比较人，植物的生生不息暗含无数生命秘密，会让人顿悟。另外，不言不语的植物也代表着一种单纯，诗人宁愿把自己审视的目光更多投向物而非人，这也许是他选择简单生活以抵抗复杂世俗的一种方式。食物诗，更多承载了儿时的回忆，写食物即是写人，写父、写母、写儿时生活、写今日光景，有了食物的承载，李双鱼的诗歌变得有了烟火气，这烟火气馨香、熟悉，让人忍不住想亲近。

“落花返枝”是传说中的一种法术，通观整本诗集，诗人时时入诗、事事入诗、物物入诗，也算是落花返枝的高手了。

瞧，这一株茁壮的黄花苗！

——读王国军《我等春风吹过来》

春夏之际，在中原大地的田野上你常常会看到这样一种匍匐在地的植物，它们开着黄色的小花，叶子是锯齿状的。如果你把它挖起来，洗干净连着茅草根（另一种长在中原的植物，根是竹节状的，白白的，咬起来有点甜）一起煮，可以清热解毒，是极好的药材。它的命很贱，长得到处都是，显示了它旺盛的生命力。在大多数河南乡亲口中它被称为黄花苗，它的学名叫“蒲公英”。所有的中原人都会对它记忆深刻，就像此刻的我，读着河南作家王国军的《我等春风吹过来》，忍不住惊叹：瞧，这一株茁壮的黄花苗！

这部不算太厚的长篇小说我是一口气读完的，它朴实无华的文风、真挚细腻的感情、扎实的生活基础以及满满的正能量，深深打动了我。作为一名 90 后年轻作家，王国军并不玩弄什么流行的叙事技巧，也并不虚构什么引人眼球的荒诞情节，只是老老实实地叙事，在小说中让他的主人公们认认真真生活，实属难得！

小说采用单线结构，用顺序手法讲述了发生在葫芦村村民张顺发及其儿子张竹身上的故事。四十多岁、无父无母、身体不好的农民张顺发用五百元“娶”了个痴傻的老婆李氏，李氏为张顺发生了儿子张竹。一家人相依为命，自食其力艰难生活着。上学后的张竹因为家庭经济困难以及自己不太优秀的成绩，辍了学到南方打工，希望能改变家庭现状。在城市里，他做过塑胶厂工人，也当过保安，后来他辞了职，想学门技术。在小说结尾，在电话中得到母亲死讯的张竹，依然对未来充满希望：“我等春风吹过来！”

小说塑造了张顺发、张竹、紫霞、秀芹等一大批朴实善良的农民形象。

张顺发是个老实巴交的农民，在他身上有愚昧的地方，比如花钱买媳妇，比如打媳妇出气，但他身上却有更多闪光点。他替老九放树摔断了肋骨，本该住院，可他不想让别人破费，因为毕竟是一个村的，结果看病自己倒贴了一百多元。当张竹和小伙伴一起捉了泥鳅和黄鳝，准备卖钱当学校里的生活费时，老九却想拿回家下酒吃。张竹愤愤不平，即使特别需要钱，张顺发还是劝儿子，都是一个村的，不要在乎这些东西。“都是一个村的”，几乎是张顺发的口头禅，正是因为这一点，他不计较别人对自己的不好，别人帮助自己一点，自己也一定要想办法回报。这让我们看到了普通农民身上的传统美德。

穷人的孩子早当家，知道家境不好，小小年纪的张竹捡锅碗瓢盆，捡烂纸箱，挖蚯蚓捉黄鳝卖钱。他穿的是露肉衣服、玩的是泥巴捏的汽车、木头削的手枪。他非常懂事，为了减轻家庭负担，他经常穿梭在芦苇荡，“时不时被芦苇茬扎伤，被菱角扎伤，被玻璃扎伤，被黄骨鱼扎伤，被水蝎子咬伤，被螃蟹夹伤，被龙虾夹伤，被蚂蟥吸伤，一切的伤疤布满了他的双足双手”，最后使他变得比其他孩子“更加坚强，更加有毅力”。上了初中的他爱在地摊上看免费书，还发表了文章。出去打工后，身边的人谈的是泡妞和赌博，而他依然爱看书，并且不断思考着自己的出路。返乡的他，发现父母都病了，他先是偷偷跑到河边哭了起来；哭完怕父亲看到痕迹，抓了雪在脸上洗洗；最后，他发誓要在深圳混出个名堂。即使面对这样的困境，他想的仍然是："其实我并不可怜，和那些残疾人和孤儿比起来，我是幸运的！"

村民紫霞、秀琴、李二嫂等人，心地善良、助人为乐，凡事为他人考虑，她们是帮助张顺发一家渡过难关的重要力量，在她们身上体现了人性之美！即使是只写了一笔的兽医，也愿意让自己吃点亏，用高价买下张顺发家的死羊，让人感动！而梦梦、小波这样的小孩，在父母的熏陶下也很懂事，他们是葫芦村的新生力量！"世界上不是缺少美，而是缺少发现美的眼睛"，正是因为作家王国军的眼中有着真善美，所以才看到了葫芦村村民身上的真善美！

小说的珍贵之处，还在于不动声色地为我们展现了河南农村的风俗、风光图。比如，吃野菜，"往年他可以到河里掐水芫荽蒸着吃，可以够洋槐树上的花蒸着吃，可以够构树上的嫩穗蒸着吃，可以掐扫帚苗蒸着吃，可以采豆田的马食菜蒸着吃，可以采野辣菜凉拌吃，可以掐枸橘上的嫩芽凉拌吃，可以抓花豆娘炒着吃——"这几乎写出了河南乡下能吃的所有野菜种类。又如，农闲时，河南农村人喜欢唠家常，东家长西家短的，这是常见的生活场景。"有的议论张家的儿子是抱养的，有的议论李家的闺女是买的；有的议论这家儿子脸黑，有的议论这家闺女个儿小；有的议论这家儿子驼背，有的议论这家闺女腿弯……"再如，农村办丧事。二炳的母亲非要去邻村看戏《窦娥冤》，结果不小心摔下车最后去世了。为了响应国家号召，农村人都是先火葬；又因为几千年来入土为安的传统，火葬后还要再土葬。不仅火葬的费用少不了，土葬的一切物资也都少不了："购买寿衣、孝布、大馍、猪头、鞭炮、火纸、沥青、纸人、纸马、纸轿、花圈……"还要请一班或两班戏子吹吹打打。有些戏子，在主家哀伤的日子却唱《好日子》，为了吸引眼球甚至还有跳脱衣舞的，这写出了农村值得反思的一些不良现象。

小说中有写农村风光的。张竹和梦梦、小波一起去“照蝎子”，路过庄稼地，见到的是：棉花、大豆、绿豆、红豆、红薯、玉米、花生、芝麻、西瓜。菜地里种的是：黄瓜、茄子、辣椒、莴笋、豆角、荆芥、西红柿、空心菜、小白菜。作家饶有兴致地写荆芥的吃法：洗净放在碗里撒些盐，滴上香油凉拌。借老颤用网捕鸟，写出河南乡间常见的鸟类：白头翁、喜鹊、麻雀、鹌鹑、翠鸟、白鹭、鹭鸶、鸬鹚……

作者还写到南北方“吃饭”的差异，在北方，吃面条、煎饼、米饭、馒头都叫“吃饭”，在南方多指吃米饭。

没有扎扎实实在河南农村亲身生活的经历，没有一双善于观察生活的眼睛，作家很难写出这么多丰富生动的细节！

值得一提的是，作家在小说中借张竹之口表达了一些环保理念。比如捕鸟是违法的，但老颤却仍然用网捕鸟卖钱，张竹为之愤慨，并且希望公安局能够抓他；张竹捉鱼时，发现有些人为了捕到更多的鱼，用毒药毒鱼，使整个河面飘着死鱼死虾，张竹骂这些人坏良心，把鱼虾弄得断子绝孙；青蛙是受保护的动物，老武为了钱却不管不顾，张竹劝说他，却遭到老武的讽刺与反驳；为生活所迫，张竹捉过黄鼠狼卖钱，他深深自责和反省……这是值得引起我们关注和反思的。

在书的前言中，王国军引用了德国诗人海涅的一首诗：“我把叹息和苦痛 / 灌输在这本书中 / 你要是把它打开 / 就露出我的隐衷”。很明显，作家在书中是要反映生活在最底层农民（也可能是自己）身上的“苦痛”。但他并没有止步于此，作家的过人之处在于，即使生活中一直是“寒冬”，他也要“等春风吹过来”，让艰难生活的泥土上开出绚烂的希望之花！

南漂都市女人生活的标本

——读十十《漂在深圳的女人》

大约两年前，十十在《宝安日报》上连载小说《飘在深圳的女人》，似乎是每天都在更新。因为作者的勤快，我这个读者也不禁勤快起来，每日午后定会读上几分钟。小说内容大多是我所未闻的以女性打工者为代表在深圳漂泊女性的情感生活。近日，看到作者小说新作《等待》和《生存》，在保持一贯写实的笔法及女性视角之外，作者探讨了在生活基本优渥之后女性对于情感更强烈的需求，应是作者的一个新探索。

《等待》探讨了婚姻疲倦中女性的情感状态。在女主人公雅的生活中，丈夫只是一个符号，他忙于应酬，以至于后来到了病态的没有应酬也要找应酬的地步，因不断糟蹋身体变成了性无能。雅开始耐心解劝，无法解决，便折磨自己，失眠、忧郁。朋友母亲的去世第一次警醒了雅，她忽然领悟："丈夫，不是女人的全部。"于是，雅有了生命中第一次觉醒，她开始看书、写字，做一个安静平和的女人。文字成了雅情感的第一个出口，但并不能改变生活中丈夫变态的发泄和折磨。雅开始了进一步的反思："婚姻不是一个人的事情，一厢情愿即便是天使也会疲惫。"她感觉到了疲倦，她想好好地生活，好好地爱自己。雅的第二次觉醒，来自一本书中的无性婚姻故事。雅开始了思想观念上的斗争，她决定"为自己活一次"，并真的有了一个情人。但是雅内心仍然没有获得彻底的解放，她和男友做了除性以外所有的事，守着可悲的贞节，所以在终于离婚后，她并没有感到喜悦、释然或沉重。正如标题"等待"，所有的激情与柔情都在漫长的等待中消亡了。

看完后，我想，文章的结尾可否不要写"关于离婚，雅对女儿只字未提"呢？这样更加言有尽而意无穷。还有，作者的《生存》可否不要写阿彩为报复老公出轨去足浴店上班糟蹋自己呢？这样不符合一个真正觉醒女性的选择。后来想，也许在小说的戏剧性与生活的真实之间作者倾向了后者。

作为一个女性作家，虽然以女性视角叙述众多女性的故事，但十十似乎无意做一个女权主义者。她只是将各种真实呈现给我们看，就像分毫毕现的标本，而这标本恰是珍贵的南漂都市女性生活标本，它的意义非常重大。

十十小说贵在"真"。这一点，王国华先生也有论述，他说，与丈夫张伟明小说注重形而上的总结相比，十十贵在老老实实讲故事。读十十的小说，就像是看一个脸上长了雀斑或青春痘的美女，她并不因为脸上的这点瑕疵而拼命遮掩，只是巧笑嫣然着，自有一种不事雕琢之美；又如听闺蜜在你面前家长里短地讲故事，这故事因为它的真诚而显得动人，让你忍不住和故事里的人一起哭笑，而无法设防。

说说武侠小说

——对《宝安日报》左永霞编辑的回应

在语文课堂上，我曾收过学生放在抽屉里看的小说《中国十大变态凶杀案十宗罪 1/2》，也有流行的网络武侠小说。在课间，还在学生的课桌上发现过装帧非常精美的小书，跟女学生交流，她们也有看言情小说的。凶杀的那本，我粗略翻了目录，看得惊心动魄，没有还学生。但其他的，告诉学生别在课堂上看，随后就还了。我说这些，是想说明，学生的阅读口味不是我们能够左右的，他们常常会看我们所列书单以外的书，原因只有一个——兴趣。当然，他们也会看我们所列书单上的好书，前提也只有一个——确实好看。

回忆自己和当年同学们的读书生涯，在课堂上或私底下看武侠或言情的，有看成高度近视学业无成的，也有对语文学习很有帮助看成大学生的。不少后来成名的作家曾坦言，读书的时候也会在课堂上看闲书。这取决于个人自我约束的能力和汲取能量的能力。对于学有余力的学生而言，海量阅读、广泛涉猎，对他们的成长极有好处。其实，我们基础教育阶段的知识，如果稍微用点功，不难掌握。要不要看课外书、看多少课外书，每位学生应该对自己的学习情况做个评估，然后做决定。至于看什么书，老师、同伴、书城广告等常常有很重要的影响。

就我自己而言，所看武侠小说，主要是金庸的《天龙八部》《射雕英雄传》和《神雕侠侣》等，所看武侠小说改编的电视连续剧无数。个人认为，武侠小说和科幻小说一样，是体现人类想象力的杰作。它所营造的虚幻江湖世界，描写的侠义恩仇的人类情感和人对自己体能局限性的种种超越，满足了我们强烈的好奇心。如果说要列一部武侠小说在学生阅读书单上的话，金庸的《射雕英雄传》完全有资格。琼瑶的言情小说在同伴的影响下，我看过五六本，也曾为女主人公流过眼泪。不可否认，小说华丽优美的语言和荡气回肠的爱情很打动人。不过，对于读书上杂食的我来说，迄今为止，觉得那只是自己阅读的一个阶段，阅读的一种类型。很快，又有别的书吸引了我。要说对我影响最大的一本，是英国作家毛姆的《月亮与六便士》，从那本书中，我明白了人不管到了什么年龄，都有资格并且应该按照自己的内心生活。当我把自己二十二岁时才读到的这本书列进学生假期推荐阅读书单时，有不少学生选择了它。

在学生阅读成长史上，作为教育者，我们应该提供多种选择的可能性，不带偏见，但可以用私人阅读经验给学生参考。在某种层面上，我所担心的不是读什么书的问题，而是在学业压力很重的情况下，他们是否有时间读书。

纪昀这个人老了才好玩

——《阅微草堂笔记》别解四则

夜读《阅微草堂笔记》，发现纪晓岚这个人到老了才好玩，才有点意思。年轻时候忙着考试、当官、发配、召还、编书，都是忙公家的事，难免拘束。到老了才想起来，我还没耍过呢！1789年那个夏天的白天很长，六十五岁的纪老头很无聊。总不能像个凡夫俗子一样，总是吃西瓜吃西瓜吧，老夫编些好玩的故事解解暑吧！

一　没志气的猪

胡官员老家有个人养了一头猪，一般的猪都是没脾气的——王小波下乡时养过的那只特立独行的猪除外。可这只猪见了邻居老头呢，就瞪着眼睛大叫，还想像只狗一样扑过去咬他一口。邻居老头非常生气，很想把这只猪买下来吃掉它，忽然又想，冤家宜解不宜结，不如我还是买下来，但是不要吃，老年人吃太多肉不好，我把它送到寺庙里养起来，这样我和猪都修身养性了。

过段时间，老头想看看这只猪在寺庙里的生活怎么样，没想到它竟然变得温柔可人了，耷拉着耳朵，在老头身上蹭来蹭去。老头一边有点感动，一边心里阴影面积越来越大：真是一头没志气的猪，别人给你点好处就改变自我了！哎，都是我的错啊！

他忍不住对猪说："虽说长生猪被人敬仰，但是哪及自由之猪在田野中奔走啊！你听说过庄子这个人吗？你是猪，未必听说过。他宁愿在泥窝里爬，也不愿意被大王供奉啊！"

猪听了，忽然明白困扰自己已久的原来是自由这个问题啊！不自由，毋宁死！于是，它当即奔出庙门，跑得无影无踪了。

二　搬家的狐狸

刘士玉这个人举孝廉当了官，有一只狐狸看上了他的书房，就住了下来。谁赶它走，就拿小石头小瓦片砸他。

有个叫董思任的热心人士赶来，打算对狐狸讲一番大道理，劝它跑路。

狐狸义正词严地说："我知道你是个爱民如子且不贪钱的官儿，所以我就不拿小石头砸你了。不过，你这个人呢有点虚伪，你关爱老百姓只是为了贪图名利，你不敢贪污是因为你胆子太小，怕捅出娄子。你差不多就行了，不用再拿什么大道理来唬我了。"

董思任被人戳中了心事，灰溜溜地回去了。

大家都拿狐狸没办法的时候，刘士玉的一个女仆人挺身而出。这个女仆人又粗壮又愚蠢，谁也不把她放在眼里，姑且试试看吧！

没想到狐狸吓得赶紧搬了家。原来这狐狸刚翻完刘士玉书房里的《二十四孝图》，什么郭巨埋儿呀，什么老莱诈跌呀，又恐怖又恶心，知道中国孝道是要人命的。这粗蠢的女仆又是个真孝妇，连鬼神都害怕，还不溜之大吉！

三　你的头上冒黑烟

有一个读了一辈子书的人，叫他老学究好了。既然那么老了，就会有不少朋友先他而去。果不其然，这一天晚上，他出去办事就碰见了个死去的朋友。

老学究跟老朋友打了个招呼，原来是同路，就一边走一边聊了。

走到一个破屋子的时候，一只鬼无聊得要命，就和他们聊天。先是说，你们知道吗？我住这破屋可是了不起呢，这可是文人雅士的屋子啊！听过《陋室铭》吗？就是类似刘禹锡住过的那种屋子。

老学究来了兴趣。读书人好奇读书人的事嘛！

鬼继续说，我跟你们说啊，我们鬼有个特异功能，你们人没有。啥特异功能呢？你们人类白天忙忙碌碌，像个傻子一样。到了晚上，闲下来，才变聪明一点。睡着的时候，是你们最聪明的时候。这时，你们每个人头顶会发出一种光芒，那是你们读过的书中文字所发出来的。这种光芒有很多等级：上达星月的、数丈的、数尺的，有些人只有一盏灯那样的亮光哦！我们的特异功能就是能看见这光芒。

老学究很感兴趣，赶紧说，你看到过我头上的光了吗？

鬼很迟疑。老学究紧张得要命。

最后鬼坚决地说，我不说实话，就昧了良心。我之前路过你的屋子，见到笼罩屋上的是浓浓黑烟啊！

老学究又生气，又有点怀疑人生。难道自己读的圣贤书都是没用的吗？

鬼趁老学究发呆的间隙大笑着跑了出去。哎！真有人相信鬼话的！

四　没有不一样的烟火

宁波有个吴公子，很喜欢到青楼里消愁解闷。

有一天，他在荒郊遇见了一个绝色美女，喜欢得不得了。那美女姑且叫她小丽吧！吴公子和小丽约会了一段时间之后，就有点抑郁。世间的美女那么多，我怎么能因为这一棵树，而放弃整个森林呢？于是，仍然偷偷地溜到青楼里玩。

吴公子总是和小丽捉迷藏，小丽就有点纳闷了。怎么我还不够美吗？她跟踪吴公子一看，就明白了。

有一天，吴公子又撒欢回来，见到小丽，有点尴尬。

小丽说，公子啊，你不用躲我，我都知道了。其实，有一件事我想了很久，决定告诉你。我是一只成仙的狐狸。你不用怕，跟我谈恋爱你不会吃亏的。你们人会的东西我都会，你们人不会的我也会。我有一种能耐，就是幻化。只要你想着谁谁，我就能变成谁谁。你不信，你现在试一下。

吴公子的脸，先是通红，一会儿又渐渐白过来了，神情也由惊讶变得欣喜。他马上拉着小丽，把小 A，小 B，小 C，小 D 等人试了个遍，果然分毫无差！吴公子真是大喜过望！银子也省了好多！

过了一段时间，宅家的吴公子又有点抑郁了。虽说小丽能变各种女子，可是变来变去，ABCD 都是小丽啊！我只是在跟一假象谈恋爱啊！

小丽早就看出了吴公子的不耐烦，就用纤纤手拉着吴公子的大手，要和他谈谈心。

你的心情我很理解。你的迷惑也是千千万万人的迷惑。世上哪有什么真实？一切都是虚幻。你刚认识我的时候，觉得我是不一样的烟火；认识我久了，又觉得别人才是不一样的烟火。所以每天央求我换着花样满足你。其实，我是虚幻的，别人也是虚幻的，到了老年，白发苍苍你会觉得年轻时的自己是虚幻的。两个人在一起是虚幻，生离死别也是虚幻。话说到这儿，我也该告辞了。生死有时，聚散有时，你也不必过于伤感。

说完，不容吴公子分辩，小丽化作一股青烟，袅袅娜娜地远去了。

歌唱或舞蹈，总有一种方式能抵达
——动画片里的梦想

诗人徐志摩在《想飞》一文中说："是人没有不想飞的，这皮囊若是太重挪不动，就掷了它。"每个人都有梦想，但上帝总是不那么公平，让我们有着这样或那样的缺陷，让梦想变得遥不可及。在遥远的南极，帝企鹅王国的法则是：不会唱歌的企鹅，就不是真的企鹅，它们会因此找不到自己的伴侣。《快乐的大脚》中，曼波就是这样一只不会唱歌的企鹅。

刚出生的曼波到这个世界的第一件事就是跳个不停。父亲孟菲斯问它为什么不停地跳。曼波的回答是，它很高兴，它的小脚丫也很高兴。父亲说在公众场合跳个不停没有礼貌。这是它来到世上要知道的第一个"NO（不）"。家族的长老们认为曼波跳舞触怒了守护帝企鹅的神，所以它们要吃的鱼越来越少。就是这样一个异类，从小敢挑战天敌贼鸥，勇斗海豹、虎鲸，并用它精彩的踢踏舞与人类沟通，促使人类放弃在南极捕鱼，最后成为家族的英雄。整个帝企鹅家族学会了踢踏舞，它心爱的企鹅姑娘葛露亚也回到它身边。

曼波的故事告诉我们：即使你不会唱歌，但你舞跳得很好，也会有精彩的结局。整部影片的歌唱很多，堪称经典。南极天的蓝、雪地的白，再加上成千上万只帝企鹅身上黑白相间的色块跳动其间，给人强烈的视觉冲击。

同样也是不会唱歌的家伙，在美国作家 E.B. 怀特《吹小号的天鹅》那里叫路易斯。父母为它担心，但是它想办法跟人学会了写字，也学会了吹小号，并成了演奏明星。结局同样美好：它还清了父亲欠乐器店的账，赢得了塞蕾娜的爱，过上了与其他吹号天鹅同样的幸福生活。

一直比较喜欢梦工厂动画公司拍的动画片，就像它的名字一样，它做着跟梦想有关的动画片，帮助各种有缺陷但执着的梦想家实现梦想。比如，对于一只菜园蜗牛来说，想赢得 INDY500 汽车大赛的冠军简直就是天方夜谭（《极速蜗牛》），梦工厂动画公司帮它实现了。它同样还让一只好吃懒做的熊猫阿宝成为武林高手，战胜大龙，拯救了山谷。《功夫熊猫》里让我最为震惊的是，高明的师傅竟然利用阿宝贪吃的这个特点因势利导，短期内让它成为武林高手。

同样让我欣赏的还有皮克斯动画工作室。它出品的《赛车总动员》《机器人总动员》《怪兽大学》等都非常棒，除了动画制作技术的娴熟，他们在生动细致的个体叙事中关注了人性、环保等主题，既真实，又震撼。同时，用儿童的视角和语言讲故事，充满童真童趣。在这一点上，国内的许多动画片制作公司望尘莫及。

动画片不只是给孩子看的，更是给大人看的。因为每个大人的心里都曾经住着一个小孩子，不过，后来他们忘记了。他们变成了孩子的独裁者，要求孩子要这样，不要那样。优秀的动画片帮我们找回了儿时的梦，触动了我们内心最柔软的那一环。

在看《快乐的大脚》时我留意到，说“NO”的角色，是曼波的爸爸、小学老师以及家族长老，而愿意帮助它实现梦想的竟然是来自另一个企鹅家族的朋友。这不得不引起我们深思：作为孩子身边最重要的引导者，我们可否多一点宽容，少一点苛刻？多一点鼓励，少一点打击？多一点尊重，少一点独裁？

不仅孩子，每一个人都有梦想。拍出《微观世界》《喜马拉雅》《迁徙的鸟》等经典纪录片的法国人雅克·贝汉曾经在一次访谈中说，他是在用艺术实现自己的梦想。他说：“当我们在高高的云端之上，当我们看不到大地，看不到都市，看不到我们的世界，而只有这个天空中鸟儿的世界与我们相伴之时，每一次，每一刻对于我来说，都是无与伦比的时刻。”

每一个怀揣梦想的人，都是值得尊敬的。如果你尊重一个人，就请先尊重他的梦想吧。

附：

最喜欢的电影类别：文艺、科幻、动画

最喜欢的一部电影：《美丽人生》

最喜欢的一段台词：

到今天我还不知道那两个意大利娘们在唱些什么，其实，我也不想知道。有些东西还是留着不说为妙。我想她们该是在唱一些非常美妙动人的故事，美妙得难以用言语来表达，美妙得让你心痛。告诉你吧，这些声音直插云霄，飞得比任何一个人敢想的梦还要遥远。就像一些美丽的鸟儿扑扇着翅膀来到我们褐色牢笼，让那些墙壁消失得无影无踪。就在那一刹那，鲨堡监狱的每一个人都感到了自由。——《肖申克的救赎》

看电影时最注重哪一方面：

一部电影常常会因为它的细节让我永远记住它，如演员富有张力的表情、精心捕捉的唯美画面、比较经典的台词等。

心中好电影的标准是：

好电影与生活拉开了距离，阐述梦想和想象，为我们营造一个未知却迷人的世界。这个世界让我们暂时从现实生活中逃离，给我们力量，并再次信心满满地出发。

观影感悟：

我常常独自到影院享受观影时光，去看看别人的生活，就仿佛自己在经历另一种人生，这很有意思。我们对别人的生活充满好奇心，看电影或看书都是在看别人的生活，也是在看自己存在的另一种可能性。类比或者对比他人，让我们多了一点人生智慧。

唐僧这个人，有意思

——也谈贺岁片《西游记之孙悟空三打白骨精》

尊敬的王老师：

您好！

看到一位师妹写的回信，我真的很高兴，她敢于改变和挑战自我的勇气让人敬佩！在这里预祝她梦想成真！开心每一天！

您在信中谈了老师责任心的问题，让我深有同感，我也忍不住想来探讨一下这个话题。允许我借助今年的贺岁片之一《西游记之孙悟空三打白骨精》来谈，好吗？既然谈老师的责任心，那我围绕着唐僧来谈吧，因为他的身份正是“师傅”。《西游记》作为文学经典，在屏幕上有多种展示方式。央视版《西游记》主要展现原著风采，后来的《西游降魔篇》以唐僧为主角，《大话西游》《西游记之大圣归来》以孙悟空为主角，《春光灿烂猪八戒》以猪八戒为主角等进行了颠覆原著的改编。我想以后应该会出一部以沙僧的爱情为主题的电影吧？不过，沙僧这个人，那么木讷，不见得能出戏吧？

看完电影，我想，唐僧这个人有意思，有意思在哪呢？

首先，不愿意孙悟空一个筋斗云取回真经，非要一步一个脚印走过去。孙悟空知道去往西天的路途只要十万八千里，就高兴得很，一个筋斗云翻了过去，没想到又翻回了唐僧的面前。孙悟空不理解了，为什么可以一个筋斗云翻过去的地方，非要一步一个脚印走过去呢？唐僧说，一步一个造化。我想，通往西天的途径挺多的，可以飞着去，可以走着去，甚至可以坐车去，根据自己的能耐就好。目的不是取经吗？作为师傅，应该告诉徒儿，通往成功的道路有很多条，速度也有快慢，都是可以的。

其次，孙悟空履行职责，却非要念紧箍咒制他。孙悟空有火眼金睛，可以看出谁是妖，但唐僧看不到啊，所以误解一次次产生，唐僧就念紧箍咒或者赶走他。菩萨的解释是，悟空看到的是真相，唐僧看到的是心相。这个解释很难让人满意，问题的症结恐怕是沟通和信任的问题。唐僧不信任这只猴子，也不听猴子的解释，或许就因为他自己是人，而悟空只能算是妖猴吧！也或许只因为他是师傅，必须有自己绝对的权威。又或许他真是一个绝顶的好人，想要教化一只冥顽的猴子。但好心未必不会办坏事！对于那些能力强又真的很努力的徒儿来说，师傅为什么不能大胆放手呢？

再次，白骨精想当妖，唐僧却非要让她投胎转世成人。在唐僧的眼里，做人是正途，所有的妖都应该被感化，然后转世为人。可白骨精想当妖，而且也当得挺好、挺舒服，这不可以吗？但唐僧总是用自己的标准来衡量别人，最后甚至牺牲自己来完成自己的教化。这种强烈想改变别人的想法是我们所有人的通病啊。你有没有问过别人愿不愿意？这种改变对他们来说真的好吗？换一种思路，唐僧也可以根据白骨精的特点，和她探讨一下妖该怎样当会更好，怎样和人互不干涉之类。而不应该让孙悟空流着眼泪犯个欺师灭祖的罪名用金箍棒把自己打死，让白骨精不情不愿地投胎成小婴孩。我想，白骨精对于唐僧的感情可能是：感动，但并不感激。

好在，电影的结尾是好的，唐僧复活了。我真希望这次的复活是重生，能够使他变成一个学会尊重、理解和包容的师傅，一个愉快赶在取经路上的师傅。

今天的探讨先到这里吧，午休时间到了，像一休哥那样，休息，休息一会儿。您说人要能不吃饭就好了，那我补上一句，人要能不睡觉就更好了。

再聊！

您的朋友、学生：M

2016 年 3 月 18 日

生如夏花之灿烂
——观影片《柳如是》

子曰：“未知生，焉知死。”意思是，活着的事情还没弄明白，又怎样会知道死了之后的事情呢？那么一个人该如何活着呢？尤其是，一个身份处在边缘地带的人该如何活着呢？

电影《柳如是》给了我们一些启示：活出你自己的精彩。

柳如是何许人也？明末清初有名的歌姬才女，“秦淮八艳”之首，工于书法，诗词造诣也很高。但在这些“盛名”之前，她曾因家贫被卖为婢，后又被卖入青楼，是名副其实的边缘人。

影片以柳如是的自述开篇，又以主人公的自我体悟收束。这一手法并不鲜见，虽然无锋无芒，倒也显得圆满自如。

接着，就看到江南文人风月场上钱谦益的失意潦倒和柳如是的凄美孤绝。先出来的是柳如是生命中的第一个男主角，陈子龙被清军当乱党追杀，逃至柳如是房中。柳如是美女救英雄，先是冒着生命危险掩护陈子龙躲避追查，然后又仰慕英雄之名，献出了自己的身与心。但两人注定是一个美丽的错误。陈子龙中了举人之后，两人在船舫上的一段戏，让人怀疑陈子龙对待柳如是一开始就没有诚意。对待情，柳如是胜出了一筹。

接着，柳如是和生命中第二个成就她的男人碰面了，这个人就是清初诗坛盟主之一钱谦益。乱世中的两个人，因为在诗文上能够对话，又同怀家国之忧，所以可以慢慢靠近。最后，钱谦益冒天下之大不韪，用匹嫡之礼在一个阳光明媚的日子迎娶了柳如是。这是柳如是强烈要求的，她知道，要有尊严地爱。

柳如是虽是才女加美女，但当时给予青楼女子的最高待遇，便是在其脱籍从良后被人深更半夜黑灯瞎火地娶走为妾。于是，此举给钱引来无数骂名。两不相负，恋情似乎到此已经功成名就，但现实带来的缺憾是他们要面对明亡清立的历史大背景。于是，考验人的时刻到来了，一同泛舟赴死的途中，一句“水太凉了”，不仅使钱谦益的个人形象大打折扣，而且夫妻两人在志向上已是分道扬镳。对待义，柳如是又胜出一筹。

一个可怜可悲的女子，一个有情有义的女子，一个才貌双全的女子，一个不能不让人生出万般爱怜的女子，活出了自我。她身世凄苦，却也带来某种自由；她吟诗弄画，才情甚高，这使她在青楼女子中显得鹤立鸡群；她尊重自己的人格，也终于得到了爱人的尊重。

古时的女子，生在富贵人家，便要被当作父辈们的门面，嫁于王公贵族，豪门深锁；生在普通人家，无才便是德，听父母之命媒妁之言，生儿育女，终老一生。静下来一想，似乎只有那些青楼女子中的少数，因为琴棋书画是谋生的手段，反倒能够知书达理；在与男子接触的种种机会中，或许可以发现一些痴心痴情之人，享受到真正的爱情。柳如是便是这极少数幸运者中的一个。

时光如果倒回到 1953 年，有一位被称为中国现代最负盛名的历史学家、清华百年史上四大哲人之一的老人，虽然目盲体衰，却愿意穷最后之精力，历时十年之久，口述为一个出身青楼的女子作传。这位老人，就是陈寅恪。这样幸运的一个女子，就是柳如是。虽然活着的柳如是不为钱的族人所容，死后不能与钱合葬，但她在历史上得到的殊荣已经远胜于当时任何一男子。

柳如是之前，有名妓谢玉英和宋代大词人柳永的两情相悦；之后，有小凤仙和蔡锷将军的相知相恋。清代名妓赛金花的传奇故事还曾被写进“清末四大谴责小说”之一的《孽海花》。

生亦何欢？死亦何苦？

柳如是们给出的答案是：生如夏花之绚烂，死如秋叶之静美。

每一个男人都会爱上她
——观电影《萧红》

她是谁？

她的小名叫荣子，本名张乃莹，笔名悄吟、萧红等。是20世纪30年代中国“东北作家群”代表“二萧”之一，是只活了三十一岁却留下了《生死场》《呼兰河传》等厚重之作的女作家，是已做他人妇却仍喜欢用红头绳编两个粗辫子的大真女子。在战乱、贫困、疾病中她倔强地活着，不停地写着。她在文坛上获得了盛誉，一颗心却孤独寂寞。

看完电影《萧红》，走出影院，一转身看到宣传广告上打出这样的字眼“每个男人都会爱上她”。萧红生命中出现的男人不算少：李先生、汪家少爷、萧军、端木蕻良、骆宾基——最惊世骇俗的是，怀着汪家少爷的孩子时，萧军爱上她；怀着萧军的孩子时，端木蕻良爱上了她。

和那个时代许多觉醒的女性一样，萧红十八岁那年逃了婚，到北平去念书。在贫困交加之际，她悔了婚的未婚夫汪恩甲去找她。可能是饥饿的痛苦太巨大了，鬼使神差地，萧红投进了他的怀抱。这个不学无术、尝了新鲜的男人却在花光了所有的钱后，留下身怀六甲的萧红孤独一人被房东关押在杂物间当人质。万般无奈中，萧红向《国际协报》写信求助。于是，她生命中最爱的那个男人三郎也就是萧军出现了。

当萧军在昏暗的杂物间看到了萧红写在墙上的诗句和挂在屋里的素描时，他看到了一颗美丽而又鲜活的心！尽管这个女人脸色苍白、身材臃肿，但她身上有一股说不出的魅力，那是"文艺的、倔强的、寂寞的"，他对她一见钟情了！萧军对萧红说："让你这双眼流泪，是所有男人的罪恶。"而萧红也爱上了这个文武双全、朴素坦诚的汉子。爱着的男人和女人是幸福的。萧红说萧军是她的哈姆雷特，萧军说萧红是他美丽脆弱的奥菲利亚。在蜜月中，贫困的他们只能吃面包蘸盐，喝白开水，有时甚至为了躲避饥饿要在床上躺一整天，但是他们却能够一个弹着月琴、一个摇着手鼓在人群中自由快乐地奔跑。陶醉在爱情中的萧红忍不住吟起了诗："那边的清溪唱着 / 这边树叶绿了 / 姑娘啊春天到了。"

萧军之于萧红，正如至尊宝之于紫霞仙子。《大话西游》中紫霞仙子说，她算对了开始，却算不出这结局。第一次见面，萧军正如踩着七色云彩的至尊宝来拯救萧红，可是也如至尊宝不能和紫霞在一起一样，萧军不可能再属于萧红。三郎不愧是三郎，他会呵护一个脆弱的女子，也会嫌这个女人成为自己上山投军的累赘。他还会把对一个女人说过的情话对另一个女人说。两人写作的观点、抗战的观点、爱情观均有差异，让萧红异常痛苦。萧红经常求助于精神导师鲁迅和许广平，最后还远走日本散心，向好友倾诉："喜欢他，但不能拥有他；恨他，又离不开他。"文坛上当时还有这样的传言，因为萧红经常找鲁迅倾诉，使得许广平不高兴，经常要下逐客令。

端木蕻良的出现使萧红下了最后决心，这个自尊的女人对萧军说："是我爱上了别人""他比你爱我""是我想离开你"。王小妮的《人鸟低飞：萧红流离的一生》中是这样写的，要离开萧军了，痛苦的萧红在两人共同的朋友聂绀弩面前说的却是："女性的天空是低的，羽翼是稀薄的，而身边的累赘，又是笨重的……不错，我要飞，但同时觉得，我会掉下来。"

萧军走了，端木蕻良来了。一个问题结束了，另一个问题开始了。因为喜欢萧红的文章而爱慕这个女人，这本身就有点虚幻。出于很多的原因，连端木蕻良也走了。萧红临死的时候，爱过的男人一个都不在身边。

所以，这个用尽全力去爱的女人却最终是孤独的。她得到过一些男人的爱，却又失去了；她怀过两个孩子，一个送人，一个夭折了；她和父亲永远决裂，至死都没有再回到家乡呼兰河。如果说她的写作是因为描写了苦难人的苦难人生而独树一帜，那么，她自己所经历的"生的坚强"和"死的挣扎"，正是这无数人中最悲惨的那个。

影片看完了，王小妮写的《人鸟低飞：萧红流离的一生》另一半也翻完了，数年前看另一本萧红传记时那种刻骨铭心的沉重又一次袭来。如果说，有人写作是为了增加人生的富丽，有人是为了避免人生的无聊，那么还有一些人则是为了减轻人生的悲伤。萧红当属第三种。想到一个生活和内心经常处在痛苦边缘的女人，一只手拿一支劣质香烟，另一只手在纸上怀念童年、描写别人的和自己的苦难，你的心一定会被刺痛。

影片最后的画面是松花江和松花江上的雾凇岛，那缓缓流着的江水和结着美丽冰条的树，让人想到萧红一辈子挥之不去的寒冷——躯体上的和心灵上的。

青春是一场华丽的盛宴
——观电影《小时代》

如果要选出一个 2013 年中国影坛最流行关键词的话，毫无疑问应是“青春”。无论是赵薇所呈现的已逝去的青春，还是郭敬明所演绎的正青春，都触动了我们心里那根柔软的弦。青春，不管充满欢笑还是溢满泪水，因为与梦想有关，因为与年轻的面庞和年轻的心灵有关，所以，无论得到了、失去了，都是一场华丽的盛宴。

去看《小时代》是在首映前一天的点映场。我的期待很单纯，想看看郭敬明在电影中是怎么个玩法。到柜台取出预定的票，就有工作人员送上精美明信片和文身贴纸，告诉你可以到旁边抽奖。来到抽奖区，除了通常会有的巨幅海报，还有很特别的一个宣传台：明星团队真人大小照片、神秘合影小屋等。整体上给人时尚、华美的感觉，让人耳目一新。旁边许多呼朋引伴的女孩子不是在疯狂自拍，就是在和闺蜜合影，看到这些，始知郭敬明如何洞悉年轻人的心理。

电影《小时代》，根据郭敬明同名小说改编，且由郭敬明亲自担任编剧。所言“小”，既无大的背景，所讲故事亦单纯。从中学时代就在一起的四个女孩林萧、南湘、顾里、唐宛如，在大学毕业在即开始了各自的忙碌生活。可爱善良的林萧面试梦寐以求的《ME》时尚杂志主编宫洺的助理，却因不会穿高跟鞋摔倒在地出了丑，本以为无望，却意外接到了面试通过的通知。但这个助理并不好当，林萧要时刻提心吊胆应付这个有许多怪癖的老板。因为打碎了一个水杯，不仅要满大街找一个一模一样的，还因为价格昂贵需要自己男朋友简溪送钱买单。宫洺为了弥补送给林萧一枚钻戒，却导致简溪误会而与林萧分手。有绘画天赋的长发美女南湘家境虽然贫寒，却一直刻苦努力，勤工俭学，与男友席城分分合合，但刻骨铭心的爱情最终走到尽头。在《ME》与上海大学联合举办的时装秀上，她独特的设计理念——让每一个女孩都展现自己的美获得了宫洺的赏识，宫洺建议某时装公司与其签约，南湘的时装设计之路从此开启。冷静理智刻薄的顾里是每一次闺蜜受伤时的心理医疗师，很有大姐大的风范，追求高档奢侈的生活。但男友顾源母亲的阻挠使两人生了间隙导致分手。唐宛如，热情、天真，爱好美食，虽然是众美女中的陪衬人物，亦有自己的可爱之处。她率性的哭或者笑，臭美地摆姿势，让人忍俊不禁的同时，亦让我们想起身边的许多平凡可爱人物。最后，所有的伤痕都在时装秀上得到了弥补。四个女孩赤脚在冰冷的马路上抱着南湘设计的衣服飞奔，她们穿着华丽的衣服在秀台上宛若高中毕业典礼时那样翩翩起舞，她们身上惊人的美不仅使所有在场观众惊艳，而且也挽回了林萧和南溪之间的感情。纵使没有过多的赘述，顾里和顾源在时装秀上简短的对话暗示了他们随后的重归于好——影片所展示的闺蜜感情，唤起了许多人对于青少年时代的回忆，许多唯美鲜活的场景让人怦然心动。

大团圆的结尾似乎没有什么奇险之处，可能是善良的导演不想让这场华美的盛宴有一个不堪的结尾。郭敬明曾在微博里说：“没有人能永远年轻，但永远有人，正年轻着。”

这个中学时代从新概念作文大赛中脱颖而出的男孩二十岁就凭借着《幻城》和《梦里花落知多少》赚足了青少年的眼球，而我也是这千万个好奇者中的一个。那是2003年，我一边读着鲁迅、卡夫卡，一边读着郭敬明、韩寒、陈渐，青春的我既需要思想上的指明灯，也需要现实生活中同龄人的参照物。2006年，我研究生毕业刚参加工作，那一年郭敬明创办纯文学杂志《最小说》，这在全国出版社杂志社前途渺茫的背景下，意味着一种挑战。七年过去了，郭敬明靠着自己的勤奋和实力让《最小说》活了下来，并且让连载的《小时代》在2013年活到了荧幕上。

雨天，听听王菲

小时候就喜欢雨啊雪啊的，觉得那些水的精灵是那么美，常常会呆呆地站在雨中雪中，淋湿了也不在意。这两周，深圳都是阴雨连绵。我喜欢南国热烈的阳光，那么明媚；亦极爱南国温柔的雨天，引人无限遐思。所以，未经公允，私下里将所有的雨天都定为好天气。

今天就是个好天气，早上出门的时候天阴阴的，到了办公室的时候雨淅淅沥沥地下了起来。不大不小的雨，向空中望去，像轻盈的帘幕，美得恰到好处。这样的天气，适合听听老歌、看看旧书、会会老友。这样想着，便想起了王菲。

王菲算老友吗？谈不上。第一次听到她的《相约一九九八》，那年我十七岁，她和那英一起在央视的春晚出现，头上梳着一对羊角，声音空灵。当时的我怎么也欣赏不了这种美。奇怪的是，十几年过去，她演唱时的奇特造型无数，我脑海中依然留存的是这个。后来，陆续在各种偶然的场合听到了她的《红豆》《棋子》《流年》……还记得听到《流年》："你在我旁边 / 只打了个照面 / 五月的晴天 / 闪了电"时，心里突然动了一下。那是初恋的感觉打动了我。

零星在报刊上看到她的故事：跟窦唯的婚姻、跟谢霆锋的姐弟恋、跟李亚鹏的婚姻、兔唇女儿、从歌坛江湖隐退又复出……只是，她的眼神一直都是那么孤傲，显示着她对这个世界的抗争。把散在好几年里看到的信息拼在一起，一个生活含着悲欢离合、爱恨情仇版本的王菲便出现了。心里叹息着，每个人都是普通人。

王菲的歌算得上老歌吗？大概可以算。她的每首歌听起来，似乎是一个老友在跟你倾诉，似乎又在自说自话，说的都是你心里想到了却说不出的话。

“别人说我应该放弃 / 应该睁开眼 / 我用我的心 / 去看去感觉 / 你并不是我 / 又怎能了解”（《执迷不悟》）、“是不是不管爱上什么人 / 也要天长地久求一个安稳 / 噢噢我真想有那么的单纯 / 不可能难道真没有别的可能 / 这怎么成”（《闷》）唱出了一个迷惑的王菲。

“风雨过后不一定有美好的天空 / 不是天晴就会有彩虹 / 所以你一脸无辜不代表你懵懂 / 不是所有感情都会有始有终 / 孤独尽头不一定惶恐”（《人间》）、“只为了满足孩子的梦想 / 爬到我背上就带你去翱翔 / 我忘了只能原地奔跑的那忧伤 / 我也忘了自己是永远被锁上 / 不管我能够陪你有多长 / 至少能让你幻想与我飞翔”（《旋转木马》）唱出了一个执着的王菲。

“宁愿相信我们前世有约 / 今生的爱情故事不会再改变 / 宁愿用这一生等你发现 / 我一直在你身旁从未走远”（《传奇》）、“因为爱情 / 不会轻易悲伤 / 所以一切都是幸福的模样 / 因为爱情 / 简单的生长 / 依然随时可以为你疯狂”（《因为爱情》）唱出一个历经沧桑之后对爱情依然有信仰的王菲。

五年的沉寂后王菲复出。四十一岁，她唱了《传奇》；四十二岁，她唱了《因为爱情》，每首红遍大街小巷。在这个造星时代，每天都有许多各种各样年轻的星如流星在天空滑过。但是，王菲却能创造这样的传奇：老歌常听常新，新歌韵味无穷。

雨仍在下着，现在放着的是《红豆》：

相聚离开　都有时候
没有什么会永垂不朽
可是我　有时候
宁愿选择留恋不放手
等到风景都看透
也许你会陪我看细水长流

歌声腻在雨声里，世界变得惶惑了。口里也忍不住跟着唱了起来……

阳光温暖像这人

听歌的时候，常常被女中音打动，德德玛、降央卓玛、徐小凤之类的。

那天去“爱果爱家”买水果，年轻精干的男店员推荐江西柑子“不知火”，禁不住店员的推荐，就买了。结账的时候，听到电脑正播放一首好听的粤语歌，似曾相识，但实在想不起来。咨询了店员，是《城市足印》。回来马上在电脑上搜，原来是徐小凤为1986年播放的电视剧《流氓大亨》演唱的主题曲。

“留心街中这个人/带笑一双眼那样诚恳/迎面的走过对着我一笑/心中爱意自远而近/阳光温暖像这人/一颗心充满着友情欢欣”。这词极好，加上徐小凤不温不火的女中音，像一把温度适宜的熨斗，熨平了我这些年因在城市行走而心生的许多皱褶。于是，这个中午一边听《城市足印》，一边吃水分糖分都很足的“不知火”，幸福感陡升。

乘胜追击，接着听下去。喜欢《每一步》的励志：“明日再要走几多路/谁人能计/谁能知天有多高/凭自信努力做/要得到的终得到/以后就算追忆也自豪”；喜欢《顺流逆流》的坚持：“几多艰苦当天我默默接受 / 几多辛酸也未放手 / 故意挑剔今天我不在乎 / 只跟心中意愿去走”；喜欢《心恋》的调皮：“我想偷偷望呀望一望他 / 假装欣赏欣赏一瓶花 / 只能偷偷看呀看一看他 / 就好像要浏览一幅画”；喜欢她翻唱的《卖汤圆》的烟火气：“卖汤圆卖汤圆 / 小二哥的汤圆是圆又圆 / 要吃汤圆快来买 / 吃了汤圆好团圆”。

作为一个歌手而言，徐小凤是丰富的，她的歌既有对都市生活的诠释，又有对传统古诗词的演绎，还有对自己内心的剖析。在 20 世纪 70 至 90 年代，徐小凤大红大紫，征服了整个华语乐坛。四十年的歌坛生涯，徐小凤用她那富有磁性的声音温暖了无数人。

看舞台上的徐小凤，脸若银盆，目似朗星，光芒四射，举手投足之间有一种雍容气度。她大概是歌唱家里的中庸主义者吧，不喜不悲，兵来将挡，水来土掩，所唱的虽是尘世的歌，普度的却是我们那颗想要超脱的心。

那个向着远方独行的浪子

近几年，每次出行都喜欢带上一个歌手的专辑，在路上安静地听，仿佛带了一个乐队陪着自己看风景。那天，开车去“舒婷的岛”——鼓浪屿，塞进汽车音响里的是许巍的专辑《此时此刻》。

浩大交响的前奏之后，清新轻快的吉他和弦如山涧流水，迎来一个略带沙哑的声线：“此刻谁在群山云海之巅 / 自在的心畅游天外之天 / 此刻谁在清晨伫立海边 / 迎着朝阳缓缓升起 / 心中开启无言欣喜”（《此时此刻》）。许巍不像汪峰那般歇斯底里，也不似崔健那般故作高深，只像是一个亲切的朋友，跟你分享他澄澈的内心。看着环绕在身边的群山和大海，我的心中也燃起了喜悦。

“行尽天涯静默山水间 / 倾听晚风拂柳笛声残 / 踏破芒鞋烟雨任平生 / 慧行坚勇究畅恒无极”。《空谷幽兰》里的句子，既有李叔同《送别》里“晚风拂柳笛声残，夕阳山外山”的悠远，又有苏轼《定风波》里“竹杖芒鞋轻胜马，谁怕？一蓑烟雨任平生”的豁达。歌曲伊始的唱法，与王菲《幽兰操》有异曲同工之妙。一首简单的歌，竟然也能唱出禅意！

继续听下去，《出离》唱出了对墨守成规世界的逃离与抗争，《喜悦》唱出了在九月精神的一次洗礼和内心的小欢喜，《爱情》唱出了爱情的欣喜与感恩，《蓝莲花》唱出了对自由无可阻挡的向往，《漫步》唱出了对人生风雨的不卑不亢，《时光》唱出了回忆中美好的一瞬……

特别喜欢《漫步》里的感觉："在丰富多彩的路上 / 注定经历风雨 / 让它自然地来吧 / 让它悄然地去吧 / 就这样微笑地看着自己 / 漫步在这人生里"。面对人生许多的偶然，抱着坦然自若的心态，笑看花开花落，与自己和解，与这个世界和解，最后留下一颗清澈的心。

在《故乡》里，许巍称自己为"永远向着远方独行的浪子"，有一颗不安的心。这个浪子风行在路上，和自己的乐队一起将吉他、架子鼓、贝斯架在青山绿水间，唱着一个人的歌，自娱自乐，却也用他的声音将我们带向远方。

看着专辑上的许巍，长得并不吸引眼球，也并没有特别地扮酷，就像是一个邻家男孩。但他的眼神是执着的，辽远的，似乎看到了属于自己的世外桃源。

我想有对白雕儿，还想有匹小红马

这半月，于做饭、洗衣、拖地、走路之际听《射雕英雄传》。手中做的是柴米油盐的俗事，耳朵却觉清爽。这与看书的感觉绝乎不同，看书需要一个地儿，需要用手翻，眼睛看。讲究的还要沐浴焚香，实在有点麻烦。听书就不必，四肢获得解放。

听的书共154集，每集25分钟的样子，一不小心，竟听完了。第一次在手机软件“喜马拉雅”上付费听书，方式是先免费听几集——《射雕》免费听8集，引人耳目。然后买“喜点”，一次最少6元，可买6个“喜点”，一集需花0.5个“喜点”。我被这情节引着付了10余个6元。

评论区里有人说，听书的钱都够买一本书了。买了你会看吗？好吧，你再试试给我71元，看我愿不愿意读给你听？说实话，这个讲书人的声音真不错，一人分饰数人，连女人的腔调都拿捏得非常到位。就是听听也不坏呀！

先说说男主郭靖。凭什么好运气都砸到他身上呢？别人得不到的《九阴真经》《武穆遗书》，他轻而易举就得到了。师傅呢？也一个比一个厉害，江南七怪、马钰、洪七公、周伯通等。喜欢他的女孩子又有好几个，什么黄蓉、华筝、程瑶迦之类的。连阅尽千帆的欧阳克都觉得只要一个黄蓉跟了他，他多年搜罗的美女也会尽数散去。想来想去，首先郭靖胜在愚钝。越是笨的徒儿，老师教会了就越欢喜，越有存在感。人之患在好为人师嘛！其次郭靖胜在知道感恩。师傅有难，会奋不顾身。那师傅好起来的时候，就不会对他再留一手。不像杨康，总想着谁要能把他师傅丘处机除掉，那臭道士就不会天天打着为民除害的旗号管他了。杨康杀死欧阳克，黄蓉说欧阳锋要怪就怪自己武功太高！杨康杀死了欧阳克，西毒欧阳锋才会把自己一脉单传的武功传给他呀！最后，郭靖胜在有一个神队友，教他武功的九指神丐洪七公教人从不超过三天，结果黄蓉变着法儿做好吃的，愣是让洪七公教了他一个多月，学会了降龙十五掌。要知道，丐帮中的厉害人物也只学会一掌啊！那神队友还自带一个武功盖世、熟知阴阳五行、会吹拉弹唱的爹！

就师傅而言，江南六怪教了郭靖十余年，怎不敌马钰两年？洪七公一个多月？周伯通十余天？这个问题也很值得探究。韩小莹教郭靖越女剑时在空中打两个旋，郭靖练了多时都练不会，觉得自己笨死了。全真教道长马钰先是在郭靖面前表演打许多个旋，让郭靖佩服得五体投地。亲其师信其道嘛！结果郭靖愈发觉得自己笨了。马钰却安慰道，并不全是因为他笨。这是教而不得其法，学而不得其道。果然，郭靖在山顶修炼内功两年，连师傅韩宝驹都无法驯服的汗血宝马都降伏了。再说说周师傅吧！知道徒儿笨，别人诵一遍两遍能记得的东西，让郭靖诵个几百上千遍，总是该会了！所以，即使是梵文《九阴真经》，连傻郭靖也能背下来了！小结一下，首先要师傅自己武功高，其次要会教。重要的知识点让他往死里背！

第二次华山论剑，论武功，郭靖还不是最厉害的。最厉害的倒是练了假《九阴真经》的欧阳锋。他能倒立走路，让全身血脉倒流，在比武时臭口水也能当武器。本以为郭靖打败黄药师、洪七公，马上要赢得第一名，来个大团圆结局。谁知疯子欧阳锋来了，大家都招架不住。还是黄蓉聪明，对欧阳锋说你还不是天下第一，有一个人很厉害叫欧阳锋，你打败他，才是真正天下第一。欧阳锋觉得这个名字好熟悉，就连问自己三个哲学问题：我是谁？我在哪里？我怎么了？黄蓉指着他的影子说，你看，欧阳锋就在那儿，快去打他呀，打败了他你就是真正的天下第一了。然后，欧阳锋就追着自己的影子打个半天，觉得对方真的很厉害！

到了这里，也喜欢动武的《水浒传》已经差出好几个档次！如果下一次选中国当代四大名著，我得推推金庸这老头的《射雕英雄传》。不过，他写这书的时候可不是个老头！才三十多岁而已！

夜深了，我不要《九阴真经》和《武穆遗书》，我也不要什么靖哥哥，我只想有对白雕儿，还想有匹小红马。白雕儿载着我在天上随便飞，小红马驮着我在草原上随便跑。

第四辑　追忆

最近几年，反复做一个梦，我回到槐树庄，奶奶也在，大姑也在，小姑也在，院子里的枣树也在。整个村庄，是槐花的白，槐花的香。

老外婆

“我这是在哪儿啊？”

“你是谁？”

“你是新杰？”

老外婆第三次问这些问题的时候，我、我妈、我大舅一起扑哧笑了起来。

老外婆有点小脑萎缩，一会儿认识人，一会儿不认识人。她每次认真问她的女儿“你是谁”“我在哪里”之类高大上的哲学问题时，看起来特别天真无邪。她那九十多岁的脸上，仿佛绽放着一朵温柔的花。

老外婆现在住在云阳镇西河桥旁大舅的灯丝厂里。大舅的工厂因为效益不好，老是要搬迁，想找便宜一点的厂址。外婆就跟着当了一只迁徙的鸟。难怪，她经常生出不知身在何处的困惑。

老外婆本来住在云阳镇大马道老城派出所旁边。那是云阳镇串联后公路和南街两条主线的垂线段，你只要出门，就能碰见些个姨啊、妗子的。我家在大马道中间的一个小分叉线。从我家出门左转五十米，再右转五十米就到了外婆家。小姨家要走另一条垂线段，大约五百米。老外婆生了两个儿子，一个就住在她的三间瓦房里，还有一个住在她对面的自建房里。后来她小儿子缺钱用，愣是要把三间瓦房和瓦房下面的那块地卖了。最后卖给了谁呢？她的大儿子。都是一些钱的事儿。

我记事的时候，外婆就是个老太太，而且是个顶精明的老太太。她长得不高，也不好看，但是很能干。她并没有像她那个年纪的许多老太太一样裹了小脚，而是有一双大天足。这很有利于她干农活。不像杨金霞的奶奶，每天站在自己的小裹脚上，靠着大门，拿着拐杖东张西望，老扯着我的袖子跟我说话，弄得我很怕走他们家大门。后来杨金霞的爸爸欠了一屁股债，一家人悄无声息地到了外省——我爸花了十年查出来是福州，因为也欠我家的钱！但杨金霞的奶奶没有去，可能别人拿一个老太太是没办法的吧！

我一岁时就没了外公，外婆不精明点也很难在这个世上生存。我妈说，你外婆应该生成个男人，干的都是男人的活。农忙的时候外婆经常一个人带几个馒头，天还没亮就去她那十亩地干活，一天都不回来。到晚上了，我妈让我去看看。她担心外婆。她咋不自己去看呢？我爸发现她又回娘家了会不高兴。我呢？打个手电筒出去，就说玩一会儿，我爸啥也发现不了。有时候我妈让我端一碗鸡汤，有时候是刚蒸好的几个馒头加一碗菜，都得用个蒸馍布蒙上。

外婆要是没回来，我就把东西挂在她的门上。有时候她回来了，先是很高兴我来看她，然后就一边吃一边说，你妈干个活就是粗，菜切得像棒槌，馍也没蒸好。可她还是吃了！

外婆为啥说我妈的馍蒸得不好呢？那是因为不管谁蒸的馍，她都认为不好。作为云阳镇上的馍馍世家，外婆和我妈的说法是，咱老潘家的馍没卖完，谁都别想卖。

外婆蒸馍的时候，我烧柴火，一个超大铁锅上面先放上铝制蒸馍篦子，然后放上千锤百炼的馒头，盖上高粱做的锅拍，再放上两块砖头压上。上气的时候你能闻到麦子的香味。出锅的时候我妈说，白白胖胖的馍真稀罕人儿。

外婆说，柴火锅蒸的馍好吃。她不卖馍了之后，每年过年前做上三四锅，专门给自己的四个儿女享用。过年时候蒸的馍花样可多了，枣花馍、豆沙包、麦桩子啥的，又好看、又好吃。

到现在，我再也没有吃过那么好吃的馍了！

外婆从不闲着，有一段时间，她去湖北襄樊进些针线、扣子、帽子、袜子、裤头之类的，摆在门前卖。每到赶集的日子，外婆的生意很好，都是些从各个村子来的乡下人，啥都稀罕，啥都想要买一点。可是外婆的货太多了，她知道有，就是忘记放在哪里，她一会儿跑到里间，一会儿跑到外面，到处找。好不容易找到了，她也不记得进货的时候是多少钱。每天，我妈帮着摆摊收摊，我姨也来，我放了学也来。可是，卖了几年，我妈给她算了算账，根本不赚钱。我妈抱怨外婆做着不赚钱的生意，可还是帮她收摊！

每年二月十五会的时候，外婆最忙。她提前进很多货，仍然是些小零碎。提前在东河滩上搭个小棚子，摆个小摊子。每年的这两个星期，云阳镇的东河滩上最热闹，镇上几百号商贩都会摆上自己的货品。附近的农民也会带上自己编的席子、纳的鞋子、地里产的东西、养的鸡鸭鹅等来卖。全镇和周边村子的男女老少都来赶集。外婆干脆住在自己的摊子上。我妈我姨一下班、我一放学都要去帮忙。

天快黑的时候，外婆也不收摊，她总是卖到最后，卖到实在没有人买东西了才摸着黑收摊。这时候，我和我妈就花五毛钱买两捧瓜子，我们一边嗑着瓜子，把瓜子皮吐得满天飞；一边闲逛，时不时买点有意思的小东西。有时去戏班子那里听豫剧，唱的有《穆桂英挂帅》《抬花轿》等。河南人都会唱上一段，比如我和我妈都会唱《谁说女子不如男》。在戏台子下面常有卖冰糖葫芦、棉花糖、花生、瓜子以及“琉璃扑通”。琉璃扑通就是用极薄的琉璃做成拨浪鼓的形状，但都是空心的，你对着手柄的位置吹，鼓面会发出清脆的声音。

天黑透了，我们骑上自行车载着月亮回家。

第二天还是看摊子、赶集、回家，一直到庙会结束。

现在还有二月十五庙会，我妈还会去赶集。不过，老外婆被困在自己的小房间，因为她一出门就不认识回家的路了，更何况经常换地方。她再也不能卖她那些鸡零狗碎了！

外婆的小儿子在后公路那边建房子以后，外婆就将自己用不着的两间瓦房租出去了。租住的是山里的一对老年夫妇。他们为啥要来镇上呢？他们会做米酒、药酒、做小曲儿（蒸馒头用）。从此，外婆不仅有喝不完的米酒，而且偷偷学艺，等那老年夫妇一搬走，她马上自己做了起来！

外婆的屋子开始摆满了盆盆罐罐，以前和小儿子一家四口住下的几间瓦房竟然都显得很拥挤了。我妈一边抱怨她一个老太太把家里弄那么乱，到了正月十五元宵节又会说，去你婆家舀点米酒，等一下做米酒汤圆！

外婆的米酒生意也很好，别人来家里灌米酒、药酒，外婆总是打得满满的，钱一定会再抽回去一块两块给人。外婆收几天钱就去买糯米，糯米酿好了酒再卖钱，收到了钱又去买米。中间还要扛那么重的米袋子，还要用轧水井轧水淘米，时间一长，我妈又给她算账，还是不赚钱！

外婆不是做生意的料，后来索性不做了。大舅将她的三轮车改装成了电动的，七八十岁的外婆骑着它去看望二十里地以外的亲妹妹，我的姨婆，还跑到山里看朋友，要么就在镇上瞎逛。在云阳镇，你只要出门，就能看到我酷炫的外婆，在大街上骑着电动三轮车，车筐里装个小板凳、大倭瓜或一袋红薯，目不斜视、风驰电掣。

我到武汉念书了。我到深圳工作了。我妈过一段时间就在电话里跟我汇报家里的情况。

“你婆骑车子摔了一跤，不过没事，我跟你姨伺候她，现在又能下地了，不能骑车子了。

“你婆天天吵着自己没钱，我跟你大舅给她钱，她又捐给教会了。

“你婆中啊，去去教会，开始认字了。

“你婆身体不赖，就是有时候糊涂了，找不到路。”

有一次她说，你爸现在也不赖，有啥好吃的，主动提出来让我给你婆送去。

在时光里，我的外婆一天天老下去，最后变成了老外婆。

这一次回去看老外婆的时候，正赶上整个云阳镇上的杨树开花，像雪花，漫天飞舞。

忽然想起，老外婆其实有个顶好听的名字，叫宋兆兰。

草房子

我能记事的时候大约在上幼儿园，四五岁的样子，从那时起到差不多十二岁，都住在草房子里。

草房子是父亲花了几千块从一个老妇那里买来的，连房子带地皮，今天当然不能想象。那时的几千块也相当值钱吧，买向东冰糕牛奶的一毛、绿豆沙的五分，买酸酸甜甜的酸白粉也是五分一小包。过年的压岁钱收到的都是五块、十块。十块那算很多的了，要辛苦磕头拜年。那几年的北京牌方便面一直卖四毛五，弟弟不好好吃饭，爱吃方便面，父亲给我五毛钱，我去买，剩下的五分钱是我的。我一毛一分地存着自己的钱，存在喝完的健力宝易拉罐里，存了好几年，也有两百多了，被父亲或者母亲连哄带骗地存在了银行里。

草房子是土坯的墙麦秸的顶，共两间，进了大门之后有个过道，有个小院子栽了一棵梧桐树，也许是两棵，树也会生出新的树来，还有一个小后院放杂物。厕所是在院子外面，土坑挖出洞来，也没盖子。下雨的时候，雨水粪水一起流，我很小心地跳着走，不想被粪水中的小虫子污染，可见我那时就极有想象力。下雨的时候我担心怎么上厕所，撑着伞，下面还有雨水溅起。父亲则担心草房子漏水，而它确实在漏水，有的地方漏得多，有的地方漏得少，父亲把锅碗瓢盆都拿出来接水，屋里的地面是土地，怕水。晚上我睡觉的时候，听到大滴小滴的雨落在盆盆罐罐里，竟是一首极好的打击乐，这一晚我会睡得出奇地安稳。以至于掉下了床，滚在木床下面的地面上，因为是土地，并没有觉出痛，所以连眼都不睁继续睡。

我不怕下雨，我怕黑、怕老鼠。父亲、母亲和弟弟睡一间，我单独睡一间，从我有记忆开始就是这样。天黑了，点起煤油灯，玻璃罩里棉花做的灯芯拧到极小，只有豆大的光亮，可以省油。不过，父亲不许点灯睡，豆大的光亮也会生出火灾，因为我们是草房子！我在黑暗中想着那些妖魔鬼怪，把整个头蒙起来，在被窝里蜷缩得像一只虾米，紧张得浑身都是汗。对于这些事，我不说也不哭，直到现在都是这么犟的脾气。后来不知道怎么就睡着了。睡得正香，突然屋顶上糊着的报纸上面有什么东西窸窸窣窣地在走动，还发出“吱吱”的声音。我又紧张起来了，屏住气息，认真听着，发现只是老鼠。可是突然有什么东西啪地落在了我的被子上，我猛地抬起腿把被子一掀，又是啪的一声亮响，它“吱吱”叫着逃走了。我不知道它有没有受伤，但很长的一段时间，我是和一群老鼠同居一室，它们是屋子里除了我之外的活物。

父亲最怕的还不是下雨，而是过年，尤其是除夕、大年初一和正月十五。家家户户放鞭炮，我家当然也要放，而且要放响的，越响越好！可是，那些炮花就是潜在的危险物。吃完饺子看完春节联欢晚会，大家都睡下了，父亲还起来几次围着房子看几圈，因为我们是草房子！

可我不管这些，因为是草房子，屋檐下垂着的稻草会结很长很大、像垂直放着的胡萝卜那样透明的冰凌。我和弟弟揪着吃，也会带下麦秸来。隔壁的兄妹魏小九、魏小妮也会跑来揪着吃。高晶晶、高鹏姐弟俩也会来。不过，到我们家玩的小孩不多，他们怕我严肃的父亲。后来看书看到张岱在《湖心亭看雪》里写“雾凇沆砀”，我就想起我的冰凌们。白雪覆盖在草房子上，冰凌挂在屋檐下，梧桐树的叶子掉光了，伸出的枝丫上能站多少雪就站多少雪。我拿着冰凌的手冻得通红，像吃冰激凌一样吃着冰凌……那是冰冷的水的味道。

我养了一条小狗，名叫赛虎。这两天看李娟的《走夜路请放声歌唱》，她的狗竟然也叫赛虎。赛虎是一只纯白的小狗，被我慢慢养大。吃馒头的时候，我吃一口，它吃一口，它能表演用嘴接馒头的绝技。小时的我大概有厌食症，爱吃的东西数得过来，但讨厌的可以数上一箩筐，菠菜讨厌、面条讨厌、萝卜白菜都讨厌，大概是父亲母亲总喜欢一种菜吃很久，搞得我没食欲。我清楚地记得整个冬天摆满了屋子的大白菜，还有埋在沙坑里数不清的白萝卜，那些白菜常常要我抱到厨房里，或者在沙堆里拔出来白萝卜递给母亲。手冻得都皴了，有些裂口很疼。母亲让我不要挑食，我自然也有对策。不想吃了，就端着碗到门口吃，躲着母亲的视线。赛虎在门口，它帮我吃。赛虎接送我上学，每次都要远远送到蚕厂门口，放学的时候，它又会远远地迎过来。它怎么算得出我放学的时间呢？看见我了，就往身上蹭，和我拥抱。我们两个赛跑着回家，我欺负它，正跑着我就转弯回头跑，它来不及刹车，意识到的时候已经跑出去好远。不过，最终是它快过我，它已经长成半人高的大狗了，浑身雪白，没有一根杂毛。我的同学都非常羡慕我有一条好狗。

父亲做事太不小心。这个冬天很冷，赛虎卧在厨房门口。父亲没看到，端起蒸馍锅里的热水就往外泼，正好泼在赛虎的肚皮上。它尖叫一声，痛得在院子里打转。我听到声音慌忙跑出来，问怎么回事，一边哭，一边责怪父亲。我不知道怎么安慰它，它后来到外面去了。再后来，它肚皮上掉了碗口那么大的一块白毛，露出肚皮。它再也没那么漂亮了。我呢？一看到这块光亮的肚皮，就恨父亲，恨他总是不小心，不小心差点弄丢我，不小心把我脸上摔出月牙样的疤痕，那疤痕现在还在。

赛虎每天晚上睡在我的木床下面，一直陪伴着我直到我家盖好了楼房。它只能睡水泥地了，我就放点破衣服在床下。这天晚上我却发现它不在，这太奇怪了！家人都已睡下，说明天找，我说不行，然后就都打着手电筒找。在院子里，去外面找，最后发现蜷缩在厨房最里面装煤球的地方。第二天早上，我上学的时候发现它不在，就问母亲。母亲说，很早的时候它就扒门，只好开了门让它出去了。我有不好的预感，赛虎果然永远地不见了！陪伴了我几年的小伙伴，就这样不见了，我哭啊哭啊，可是它不回来了。

草房子换成楼房大约用了一年多的时间，老姚家和小舅开四轮手扶拖拉机不停地往地基那里拉砖拉沙子，我们租住在邻居家。父亲说，老姚家拉砖悬尖，你舅的拖拉机装得平平的，钱还一分不少。母亲听到了沉默不语，我心里埋下了一点怨恨的种子。那时舅舅还住在瓦房里，娶了厉害的舅妈。其实，大家都有点这样的心理。母亲和她唯一的妹妹关系好得不得了，可是她也会说，现在你姨呀烧包得不得了，不就是卖菜地拿了十几万有了点钱吗？

这几天，反复听张南雁的《武则天》，超喜欢里面的“谁濒临绝境心中会不吃惊 / 谁临困苦里身边会不冷清”。我看《武则天》的时候还住在草房子里，方圆一里内，只有老苗家有一台黑白电视机。吃过晚饭，他家把电视机搬到院子里，左邻右舍的人都自带小凳子坐着看，俨然一个小剧院。我们虽然是小孩子，看电视的人也不会计着我们，所以一起看《霍元甲》《射雕英雄传》《陆小凤》《雪山飞狐》之类的。或许那时也没有少儿节目，或许也不能收到那么多电视台吧！这样做的严重后果是，我过早地看多了爱恨情仇。

这么多年，无数次搬迁，草房子的样子还留在心中。我唯一一次因为被高年级的大哥骑自行车撞到而请假在家，脸上靠近眼睛的地方蒙着大纱布。不能上学又无聊的我搬了几张椅子，在梧桐树下支着。我睡在椅子床上，用没有障碍的一只眼仰望梧桐树的叶子，还有叶子缝隙里的天空。正发着呆，班长连方带着几个同学到草房子看我，递给我花生、瓜子还有几颗糖。心里感动得一塌糊涂，不过，我最不想让连方看到自己的丑样子了。

不知道连方现在在哪里呢？他会不会记得我们家的房子在哪呢？

槐树庄

最近几年，反复做一个梦，我回到槐树庄，奶奶也在，大姑也在，小姑也在，院子里的枣树也在。整个村庄，是槐花的香，槐花的白。

小时候，我常对奶奶说，等我长大了，我会带你到城市，过好的生活。现在我长大了，长得太大了，也在城市生活，可是奶奶留在了槐树庄村边一块地的地头，再也带不出来。

一到槐树庄，我就像个野孩子，和巧二、伍二妮他们到村前的小河沟里捉鱼虾。我自然是什么都捉不到的，但是也会掀开一块石头，说“在这儿呢，这儿有一只螃蟹”。巧二就蹑手蹑脚地过来，一把抓住那只螃蟹，掰掉它的钳子递给我，算我的了。最后，小伙伴们把他们捉的东西都送给我，奶奶就把它们洗干净腌上，第二天用猪油炒了吃。那味道真香啊！我们也爬树，河滩上临近村庄的地方，都是“飞机树”。这种七拐八扭的树干最适合爬了。它到底叫什么名字呢？我到现在不知道。那树枝上一串一串的小叶子，每一个都像一架小飞机，中间突起，两边是小翅膀。巧二他们两腿夹着树干，爬得很高很高，而我就只能爬矮一点的，但至少是在树上了。在树上的感觉真好！透过那些树，我看见奶奶站在山岗上看我。

但有时会在耳边响起奶奶很急促的声音："燕儿——燕儿——"那是她找不到我了。我和伙伴们学习扎猛子，捏着鼻子屏住呼吸，把整个头放进水中。巧二他们还能在水里睁开眼睛呢，可是我不敢。等到我伸出头，拿个洗脸盆，把双臂撑在上面，双脚拼命扑腾，游起来的时候，奶奶的声音就会停了。奶奶从来不会说这不能做，那不能做，只是看着我，我笑的时候她也笑，脸上的皱纹挤在一起，像一朵绽开的花。整个暑假，我晒得像一条黑泥鳅，回到云阳镇，母亲都不认得我了！

有时我陪奶奶去菜园子摘菜，小小的菜园子里苋菜最多，这个菜摘了长，长了摘，整个夏天可以吃很多回，放面条里吃、凉焯了吃。豆角也是，仿佛吃不完。一个菜用处太多了，出场太多了就讨人厌。所以我喜欢西红柿。奶奶每次一到菜园，就仔细检查，有哪个西红柿泛红了，就马上让我摘着吃。我还喜欢吃红薯，直到现在，什么状态下的红薯我都喜欢，蒸的煮的烤的都喜欢。可是暑假那会儿红薯还没结出大个的呢，奶奶就让小叔多挖几棵看看，找大的拿回来。煮饭的时候，我也帮忙一起烧火，看到我心爱的红薯就在灶灰里埋着，心里欢喜，焖半个钟头，它就是一只很香的烤红薯了。小叔小姑他们也会砍回来甜秆给我吃，甜秆就是没熟的玉米秆，有的特别甜。我像啃甘蔗一样啃着它们，甘蔗要到过年才能从南方运到中原呢，我现在就有甜秆吃了，这是难得的待遇！

晚上，煤油灯下，奶奶纺棉花，我写暑假作业。我总是很惊奇，那些棉花怎么能够经过了纺车就变成一根根线了呢？那一根根线会在冬天被奶奶缝在给我和弟弟的棉袄上、靴子上。年纪小的时候，每年冬天会收到奶奶亲手缝制的棉袄、棉裤，穿上非常暖和。奶奶纺棉花的时候，也会给我讲故事，孟姜女哭长城、石不足贪财被八仙用乱石埋在井中、牛郎骑了牛皮上天寻织女之类的。

后来，我功课越来越紧，暑假就很少回去了。父亲回去看奶奶，会捎回点干黄花苗啊，干槐花啊之类的。看河南作家师陀的散文集《黄花苔》，一直想黄花苔是个什么东西呢？这也许就是黄花苗，也就是学名蒲公英的植物。今天想来，那样一篮子的干黄花苗，也要奶奶在山坡上挖很久吧！那样一篮子的干槐花，也要奶奶仰起头，用长镰刀砍很久吧！

再回去看奶奶，她已经躺在床上不能走了。我上了大学，走出了自己的小镇，可是奶奶不能走了！那一次，我一回去就赶紧去看奶奶，看到奶奶睡在堂屋正中央的床上，后脑勺朝向门口，手里拿着一面镜子，照呀照。我忍不住笑起来，奶奶，你真爱美！也给我看看。我歪下头，和奶奶一起照。巧二她妈过去了，一头牛过去了，三妗奶进来了……我忍不住眼中的泪，奶奶是在镜子里看外面的世界呢！两年之后，我写下《奶奶的镜子》：

我在我的镜子里／看到了奶奶的镜子／镜子里的奶奶／向我微笑

镜子里的天空／是奶奶能看到的天空／镜子里来来往往的人／是奶奶能看到的人／老槐树的花开花落／是奶奶能触摸到的季节

奶奶最后的生命／活在镜子里

我触摸我的镜子／奶奶的镜子／让它不再光滑

我触摸奶奶的镜子／镜子里的奶奶／和镜子外面的我／泪流满面

她在床上躺了两年才走。她走之前，她所有的儿子女儿、孙子孙女都回来了。不过，她已经不能讲话。我怪父亲不早点告诉我，放寒假了，我才从武汉赶到她床前，她张了张嘴，但是说不出话，眼泪从眼角流出来。夜里，她走了！大姑小姑呼天抢地地哭，我也想哭，可是哭不出声，眼泪像断了线的珠子，掉个不停。

村子里要求一定要火葬，这是国家的规定，可是他们不管火葬的费用，也不管火葬之后的事。火葬之后仍然是装在同样大的棺材里，棺材同样下在肥沃的耕地里。喇叭唢呐吹吹打打了几天，吹尽了一个人入土之前在人世间最后的繁华，让她从此安心到另一个世界。

奶奶走了，与槐树庄的血脉联系割断了！

前天一打开手机，看到三十三岁歌星姚贝娜突然离世的消息；前几天，网上说复旦大学二十岁的才女在2014年最后一个夜晚殒命上海外滩；去年，在《散文》上看到“马雁散文小辑”，这个北大才女三十一岁因病离世；几年前，我正在武汉的一个编辑部上班，在报纸上突然看到陈晓旭病逝的消息；十年前，第一次读海子的诗，这个我钟爱的诗人二十五岁卧轨自杀……姚贝娜和我同岁，其他的都比我年轻。我想，与他们相比，我已经活得太久了。

一个人的孕育直至成人，要经历多么漫长的时日，而生命的离开却是转瞬的事。这些年，每一次回家，母亲都会带来谁又离开的消息。先是刚爷，然后是邻居家几岁的吉大龙落水了，再然后是在外打工的魏小九得了怪病死了——听到这些消息我都沉默不语。最终，我们都会离开这个世界，悲欢离合的一生，有没有人记得已经不重要。

父亲有时还会生外婆的气，说他当年起早摸黑地蒸馍，一下班就去给她蒸馍卖，想吃个炒豆芽都不让去买。外婆已经九十多岁了，还够他生几年的气呢？如果有一天她突然走了，这些怨恨该往哪搁呢？

那一串诱人的冰糖葫芦

小时候，一年中最盼望的时间有两个：农历大年初一和农历二月十五的庙会。大年初一是我的生日，在那天可以穿上盼望了一年的新衣服、新鞋子，还能收到压岁钱。二月十五的庙会则热闹非凡，可以买上五毛钱的瓜子，一边嗑着，一边把庙会上的风景看个遍。最重要的是，在这两个日子里，都能吃到很难得出现的冰糖葫芦。

大年初一的早上，中原大地上常常铺满皑皑白雪，天气特别冷。但母亲在除夕夜的晚上就已经千叮嘱万嘱咐了：大年初一的早上一定不能偷懒，起得越早越好。这样会得到一年的好运气。而喜欢臭美的我，起早的原因主要还是可以穿上新衣服、新鞋子向伙伴们炫耀。从记事起，不管家里有多困难，父亲都会让母亲在过年的时候给我们买新衣服。除了他自己，母亲、弟弟和我在过年时都穿得崭新崭新的。母亲也很有眼光，总能够用不多的钱把我们打扮得漂漂亮亮的。

等到全家人吃完早饭，穿戴整齐，就要一起去爬山了。鹿鸣山并不是小镇上最高的山，却是当地最有名的山。据说，是当年刘秀被王莽追赶，因被一只神鹿救起，为了感恩而赐名鹿鸣山的。不知从什么时候开始，大年初一这天，镇上的人都要去爬一爬这座山，希望沾些山的灵气呢！

去的途中会遇见许多亲戚朋友，还有我们自己的小伙伴。大人们一边喜气洋洋地说着“新年好”，一边夸着别家的孩子聪明。小孩子们则互相分享着糖果。遇见卖糖葫芦的、卖棉花糖的，母亲都会主动问我和弟弟要不要吃。我肯定会毫不客气地要上一大串，然后慢慢地吮着裹在外面的冰糖，再小口吃着酸酸甜甜的红果，然后小心地吐出籽儿。一路吃下去，那种幸福的感觉便一直溢满了我小小的心田，并且回荡在整个童年时代。

过罢年，再过一个多月的时间，便是一年一度的庙会了。方圆百里内的商家小贩都会在东河滩搭上临时铺面，各种民间手工艺人也会在这个时候赚点买油盐的钱，真是热闹非凡。母亲常要在这个时候给卖小零碎的外婆帮忙。我放了学，也会迫不及待地奔向那里帮忙。每为外婆卖掉一样东西，我都很兴奋。夜幕快要降临的时候，母亲收着摊儿，会特许我到处转转，并且给我些零花钱。我先称上五毛钱炒得香喷喷的五香瓜子，然后一边嗑着，一边像个大人似的悠闲地逛着。星罗棋布的店铺会带来些小麻烦，但是于我，却是好玩的迷宫。

晚上，各种热闹的人和事就像钢琴曲一样，弹到了最高潮的部分。外婆会留在那里过夜看铺，有时是姨妈或姨夫。所以，晚上大家都不必赶着回家，我们在小吃铺吃些胡辣汤、酱面条、大饼、小笼包之类的，就一起去看戏。看戏的地方不难找，戏台子搭得很高，还有人咿咿呀呀地唱着，循着声音望过去就能看见。大家称些花生、瓜子之类的小食，找到一个合适的角落坐下，便津津有味地看戏。我们小孩子照例是坐不住的，又听不懂，便到处串场子，看见卖棉花糖的，要买来尝尝；看见卖爆米花的，要买来尝尝；还有卖酸脆萝卜片的，也要尝一口。最诱人的是一串串的冰糖葫芦了，鲜红欲滴的红果加上脆皮子的冰糖包裹在外面，让人食欲大开。卖糖葫芦的人又大抵很会叫卖，扯着亮嗓子：“卖冰糖葫芦喂——”跟戏台子上的老生有得一比。我在这叫卖声中出神了，然后不由自主就去翻自己的口袋，若有个五毛钱或一块钱的硬币，是打定了主意去买最大串的。

后来，参加工作后，有一次去北京出差。都说北京王府井大街那边的小吃街很有名，可是为了见一个朋友，没去成。临上火车返回武汉时，在火车站的特产专卖店里看到了被精致包装和保鲜的那种冰糖葫芦，便急忙地买了些。打开看时，三四个小红果串在一根小木棒上，完了裹上保鲜袋。尝了一下，味道不算太差，但是总觉得少了点什么。

草木六则

一　指甲草

妈来深圳前，每隔两天就问，还有没有啥想带的？老古家烧鸡、小关甜酥饼、爸晒的荃菜、红薯干……真恨不得把整个云阳镇搬来。

我忽然想到了指甲草！

啥是指甲草？就是凤仙花啊！可能这花太贱了，我们叫它指甲草。

河南女人都爱种指甲草，干什么用的呢？包红指甲！种在哪里呢？门前的空地上随便种。你从谁家盆里起走一棵，它开完花，就结很多个鼓囊囊的小青包，一朵花一个包，像黑芝麻那样的，种子也像黑芝麻。果实熟透了，就崩开，黑芝麻样的种子不知道蹦到哪里去了。第二年，你那里就会有一大片指甲草！你喜欢谁家花的颜色，就从人家那里捏几个鼓囊囊的种子，回来种就行了。

我再没见过哪个地方的人这么爱这花的了。我家种，姨家钟，外婆家种，小妗子家也种。回老家的时候，大姑种、小姑种，她们村上的女人都种。

我不记得指甲草什么时候开第一朵花了，到了七八月，孩子们放暑假了，它们就一股脑都开了。颜色有红的、紫的、粉的、白的，花瓣有单层的、多层的。闻上去有淡淡的清香，比月季花的香味再淡些。不管什么颜色的花，不管多少层，捣碎了，包出来竟都是大红色。

指甲草盛开的季节，趁着大太阳，摘一大捧，放在阳台晾着。到了晚上，找个蒜臼——河南人爱吃大蒜，家家都有蒜臼！加一两小块明矾，捣碎，红汁水出来了。去院子的墙上摘下豌豆叶，拣那些大大的厚实的叶子摘。有一回我用的是门前野牵牛的大叶子，也能包！临睡前，手脚洗干净，将捣碎的指甲草敷在指甲盖上，堆得高高的，用叶子包严实，再用线缠好，老老实实睡下，等着第二天的红指甲吧！

包一次红得很淡，要想很红，可以用小刀轻轻刮一下指甲，再连包三个晚上，包你红！这是艳姑姑的经验。艳姑姑还说，大红的花包出来比其他颜色的花更红。包好的手指除了指甲红，指头也会红，但是不要紧，过了一个星期，就只剩美美的红指甲了！

那一晚，大姑、艳姑、小焕姑和翠翠表妹我们吃过饭，打着手电筒、端着洗脸盆，沿着村子的小路去河边洗澡。似乎约定俗成的，这河白天归男人，晚上归女人。两旁的庄稼地里蛐蛐叫得正欢，时不时谁家的狗也叫几声。到了河边，已有不少村里的大姑娘小媳妇在了。借着月光，只看到白花花一片，但也看不真切。大家呼朋引伴，好不热闹。我钻进河里，和表妹一边洗，一边聊天。这晚月亮好亮，我们新染的红指甲竟然在水里也能看得见！

忽然，我看到河边草丛中有个烟头在忽闪，心头一惊，不敢言语了。又想，隔着这么远，啥也看不清的吧！要怪，也只能怪这大月亮！

我们在河里洗头、洗澡，顺便也把衣服给洗了，然后心满意足地回家去。这夏天的天真热得厉害，回到家又是一身汗！

睡哪呢？平房顶上。

农村的平房用处可多了，白天晒粮食，晚上睡人。也不是每家都盖得起平房，你看，谁家的平房顶上，隔三岔五地铺着大凉席，睡着两三户人家。男人们喷大气（东北人叫唠嗑），女人们哄小孩，月亮快到中天了，大伙儿才沉沉睡去。

第二天醒来，被子潮乎乎的。哟，夜里下露水了。

…… ……

妈来了，小弟先从镇上开车送她到郑州，她又从郑州坐高铁到深圳，花了一整天时间。见了我，说，赶紧把指甲草放冰箱，别蔫了！

我一看，一个超级大塑料袋！十个女生，双手双脚都包不完！

妈一边放行李，一边说，你爸把咱家的摘了，背（读四声）着我打电话让你姨把她家的也摘了送过来。我收拾行李的时候，你爸又骑上摩托车沿着西河边，把别人家的也摘了！

二　桐花

桐树开花的时候，过了四月的头，是仲春，那时李大爷还没去世，李大爷家的两个女儿还没有出嫁，儿子李明强也还没有娶媳妇。那棵桐树就长在李大爷家草房子的右边，高高的树枝垂在老吉家的平房上面。

桐树不开花的时候，是一棵沉默难看的树，我们都不搭理它。有一天放学了，路过李大爷家门口，不小心踩到什么东西，滑腻腻的，低下头一看，是钟形的紫色花朵，花朵上有紫色的小斑点和娇嫩的绒毛。哟，桐树开花了！可不是，用力吸一口气，空气中有清甜的气息。跑回家放下书包，我和弟弟便从我们家大门口直走出来，大声喊住在右面瓦房里的魏小九和魏小妮，再经过李大爷的门前，就到了桐树下。

一阵风吹来，桐花啪啪地落在地上，发出坚定的声音。我们一朵一朵地捡起来，净挑刚落的捡。捡完了，干什么？做桐花项链！把花朵顶部的青色尾巴揪下来，上面带着一根细细白白的茎，正好是陀螺的形状，我们拿它比赛，看谁让它旋转的时间长。花朵用粗粗的线从中心穿过，直串成一个能挂脖子的项链。我们戴上桐花项链在桐树下抓子儿、丢沙包、跳皮筋。桐花就在空中一起飞舞。

过了一会儿，高晶和高鹏来了，苗二姐和苗二娃也来了，都是姐弟俩。他们也捡桐花，随便捡，多的是。

能捡多久呢？一个月！这一个月，每天桐树都抖落一层花，地上像是铺了紫色的毯子。我们不停地做项链，浑身都是桐花香。

李大爷还没去世的时候每天都要骂老婆，他的两个女儿也时不时要被骂几句。我在我家院子里听得可清了，心惊胆战。妈听见了，她也不去劝，只生气地说，李小定天天骂老婆，骂老婆的都早死。确实，李奶奶是龅牙，眼睛还坏了，说话也黏黏的吐字不清楚。是因为这些老骂她吗？可她总是笑眯眯的，多和善的老太太啊！

桐花开的这一个月，没听到骂声。

妈说得对，骂老婆的都早死。李大爷死了好多年了，李奶奶还好好地活着。不过，隔壁的明兰姨总是骂她男人，却把她男人骂死了，她还活得好好的。儿子媳妇在外面打工，她一个人带俩孙子住在老宅里。如果你在大街上碰到她，她准和你唠叨个没完。魏小妮的妈吴广梅也爱骂她男人魏方，把魏方也骂死了。这是怎么回事呢？

哎，我们家那口好用的井还是魏方淘的呢！

我不记得那棵桐树是什么时候没有的，静悄悄地消失了踪迹，就像生命中曾遇到的许多人。

有一年我回家了，妈说，魏小九死了。

我心一沉，问，咋死的？

说是在广州打工，得了怪病，抬回来，没多久就死了。

我站在大门口望着魏小九家，他们家已经搬走了，只剩下没有房顶和四面墙的老地基，上面长满了杂草，竟有好多紫色的牵牛花匍匐着。

三　野菊

鹿鸣山的野酸枣、九里山的野山楂熟了的时候，野菊花也就开了。

云阳镇的山是大山，连绵不断，大山里长野味，秋天有野柿子、野苹果、野酸枣、野山楂，下了雨有蘑菇、地衣（河南人叫地出溜儿，它雨后长在石头上，太滑了）。连绵下几天雨的时候，我和妈就知道，天一晴，准有好蘑菇。天晴了一天，太阳晒了一天，李茅子棵下面长着鸡蛋一样白白嫩嫩的蘑菇，那蘑菇还没有完全长大，还是个蘑菇娃娃呢！

妈叫上好姐妹挎个篮子去摘蘑菇，我自然也去。妈去哪我就去哪儿，她择菜我择菜，她赶集我赶集，她去蚕厂养蚕，我放了学就去割茧。半天割满满一大匾，一块钱。

去鹿鸣山摘蘑菇，要穿过镇政府前面那条大马路，再穿过好几户人家，就上坡了。这里像梯田一样被开垦成无数块土地，分给各户人家。高高低低的土地，全靠刀耕火种，机器进不来，数百年来保持了平静。

田间地头路窄，走路得小心，我边蹦边跳地走着。不经意抬头一看，哇，野菊花开了，黄澄澄的，一片一片满是的。走近看，一小朵一小朵金黄色的小脸庞攒在一起，水灵灵的，煞是好看。轻轻一闻，香气中有淡淡药味。手忍不住想去摘，哎哟，被刺了一下。仔细一看，里面竟夹杂几颗红玛瑙似的野酸枣，已经熟透了，揪下一颗就放嘴里了。原来里面藏着一棵大葛针啊！

妈说快走，进山就得一天了。我又摘了几颗红得泛紫的野酸枣——这样的才酸甜好吃，赶紧加快了脚步。撵上妈，往她嘴里一塞。妈说，酸枣可熟了?

隔了几天，我又想起野菊花，就找到上次待的地方，美美地看一会儿。抬头发现上面坡上还有，似乎更好看，就再往上走，摘几枝。走哇走哇，越走越远。一边摘花，一边吃野酸枣，野酸枣把牙吃倒了，就不吃了，摘了放在两边裤子口袋里。

那一天我走得太远了，走到了坡顶上，觉得太困了，就躺在草地上睡了，周围是野菊花的香气，还做了一个甜美的梦。忽然，我从梦中惊醒，睁眼看到蓝天白云，坐起来朝四周看去，周围这么安静，没有一个人，只看到小镇密密匝匝的小房子，不禁呆了。

我怎么在这儿呀?

我愣了一会儿，起身拿上大大的野菊花束，揣着满满两口袋野酸枣往家的方向走去。

回到家，爸见了，说，上地里了?

我说，嗯。

爸说，野菊花好看啊。

我说，酸枣熟了，吃不吃?九里山的模（音：mu，四声）糊梨（就是野山楂）应该熟了，改天背个书包去摘去。

爸把手伸出来。

我用手掏口袋，一把一把地放在爸的手里，直放满他的两个大手窝儿。

四　杨花

走在云阳镇的小过道儿里，哪一天你老觉得鼻子痒痒的，什么东西往里头偷偷钻着，那一定是杨树开花了。过不了几天，你抬头看，空中开始飘着一团一团的白絮，到处乱飞。又过了一阵儿，整个小镇似乎漂浮在一大片轻雪中，有的地方稀薄，有的地方浓厚。

北京人叫胡同、上海人叫里弄的地方，在云阳镇叫过道儿。从这名字就知道小镇人实诚。这个实诚的小镇在杨树开花的季节显出一丝浪漫。云阳镇的人爱种杨树，道路两旁，河滩两旁，到处都是高大的杨树。这种树树身挺拔，树冠高耸，气势昂扬，跟中原汉子的气质很相像。杨树春生夏长秋枯冬落，在它身上有四季。

杨树开花了，我和晶晶一起放学回来，路上一直捉杨花，看谁手窝里捉得多，也鼓起嘴赛吹杨花，看谁把杨花的白絮絮吹得高，不落地。

那天，我和爸、妈上坡摘野灰灰菜，打算包饺子吃，遇见了一个叔。叔对爸说，哥，你上地了？你看看这杨花，真是祸害啊，钻到哪儿哪痒。说罢，几人抬头一看，漫山遍野的杨花借助风势，真像一片白茫茫的大雪。

我看着杨花出神，问妈，这白絮多捡点儿，能装被子吗？妈笑着说，总是能。

五月的杨花飞尽，夏天就来了。

白天人们坐在杨树下乘凉，晚上人们钻进杨树林捡蛭蟟（知了）壳卖，逮蛭蟟吃。曾庄表姨家的表妹曾玉、表弟曾贯就是好手。

妈骑着横梁的永久牌自行车带我去乡下表姨家小住。我虽第一次见表妹表弟，但年龄相仿，很快就玩到一块了。

白天去河里捉鱼虾，吃了晚饭，曾贯说正可以去捡壳、捉刚出土的知了炒了吃。我当即觉得好。我们三个拿上长竹竿、袋子、手电筒便出发去河滩。曾贯说，等到天黑透了，知了的幼虫才会出来。

我们坐在干净的河滩上，直等到太阳完全下山，到处一抹黑。

曾贯打着手电筒，我们蹚河到对面岸上的杨树林。

走到了杨树林，曾贯说，知了才从地里爬到树上，要蜕皮，我来照树干，你们看到有知了壳就戳！看到白白嫩嫩的小肉团就揪下来！那白团刚生出来，没有骨头，不会咬人！

果然，树上的知了壳和知了很多，不一会儿，我们就各捡了一大袋。

回到家，这干知了壳放起来，攒多了拿去卖。知了呢，洗干净，用盐腌上，第二天早上用猪油爆炒了吃。

我们在杨树林里忙活了这么一阵子，早就困了，我和表妹睡在一张凉席上。表妹却不睡，和我说悄悄话，说她奶奶和妈妈都是偏心眼，对弟弟好，什么好吃的、好穿的都给他，说着说着还哭了。我睡意全无，不知该怎么安慰她，就拼命想，终于也想到了，愤愤不平地说，我爸也是偏心眼，我弟不好好吃饭，火腿肠八毛钱一根、老北京方便面四毛五一包，那么贵，他每天当饭吃，还得我跑去买。凭什么呀！

两个人越说越起劲，后来都不记得说些什么了。

天亮了，表姨喊我们起床吃饭，想到表妹对她的投诉，我突然不喜欢她了。谁要吃她做的破知了！

我要回云阳镇，表妹自然哭了，我也心里难受，想到偏心的表姨，内心更不安，只好邀她下次放假到镇上玩，便挥手作别。

后来，我再也没有见过这个表妹了。表姨几年前已经走了。妈说是一把年纪了，还外出打工给儿子攒钱，是累死的。

五　槐树槐

槐树槐，槐树槐，
槐树底下搭戏台。
人家的姑娘都来了，
我家的姑娘还不来。
说着说着就来了，
骑着驴打着伞，

歪着脑袋上戏台。

…… ……

这儿歌一定是锅台村的人编出来的，因为只锅台村才有那么多那么大的槐树。锅台村整个村庄被槐树覆盖，夏天走在村子里，可晒不着。这锅台村真应该改名叫槐树庄！我还疑心就是小叔编的，因为小叔会唱曲儿——豫剧。河南人谁不会唱呢？妈和我就会唱常香玉的《谁说女子不如男》。没成家的小叔浪荡得很，时不时哼两句。成了家可就没空闲了，小婶儿管着他，种地、割草、放牛，哪一样都得下力。

槐树什么时候开花的？我可不知道，因为我们镇上没有槐树。但我知道它啥时候开过了。每次住在锅台村的奶奶托人送一篮子干槐花送到我家的时候，我就知道这花刚开过。我凑了鼻子闻，干瘪的花失了水分，却不失清香。奶奶说，和了面蒸了吃、炸了吃都好吃。可妈不善烹调，我似乎从来都没吃到过，也记不得有什么味儿。

奶奶来我家次数有限，她是个深居简出的老太太。黄花苗开花了，她剜一篮子托小叔送来。锅台村的坡上多的是！那是春天来了。黄花苗怎么吃呢？和茅草根、绿豆、排骨一起炖了吃，清火气。过段时间，她又托人送来干槐花，那是夏天快来了。哪一天，她托人送来两双棉靴、两身棉袄，一身我的，一身弟弟的，都是她自己装的棉花，一针一线缝的。看到这棉靴棉袄，我知道，冬天就要到了。

每年我最盼望夏天，因为可以去锅台村看奶奶。去奶奶家要坐两站绿皮火车，再走上十里山路。沿着山路走了半晌，这时你会看到一大片槐树长得密不透风，那就是锅台村了。走进去，只见槐树用嫩绿的叶子洒下绿荫，有几只牛和羊拴在树干上，正用它们的舌头卷着槐树叶子。那槐树叶子都分长在一根小细枝的两旁，这小细枝上可长着不少的刺。但那牛和羊总能巧妙避开。

我一来，奶奶准告诉巧二、伍三妮，让她们来找我玩。我就和小伙伴走出槐树庄，去田野中放牛割草，到玉米地吃甜秆儿，到河滩上捡化石，到小河里洗澡。过不了几天，我就晒黑了。

我们正在槐树下抓子儿，来了一个货郎担儿，奶奶自己买些小针线，给我买些小玩意儿。

卖冰糕的来了，只用一瓢麦子就能换，奶奶从屋子里屯着的麦子堆里舀一瓢麦子给我换。

玩累了，回去吃饭，我给奶奶烧火。一手拉风箱，一手扔麦秸秆，那灶灰里埋着一个我极爱吃的烤红薯。饭做好了，红薯不急着拿出来，要好好地焖。等到灶灰凉了些，再用火钳钳出来。别看它像个黑煞神，揭开黑色的皮，里面是白芯透着紫圈，香甜可口，好吃得紧！

晚上，煤油灯下，奶奶在纺车前纺棉花，给我讲石不足和平天过的故事、孟姜女哭长城的故事。那棉线一点点从纺车纺出，缠在玉米棒上。奶奶自来卷的头发上银丝在跳跃的油灯下闪动。

待我要离开锅台村，爸来接我。奶奶含着泪，一直从家门口送到村外，很远很远。

后来，奶奶走了，小叔外出打工了，巧二和伍三妮也都嫁到别的庄上了。锅台村已十余年没有回去过。我再也没见过那么多的槐树，也再没有吃过那么好吃的红薯了！

哎！槐花槐花，你到底是几时开的呢？

六　飞机树

从我记事起，飞机树就一直长在西河边上。就像那条西河，一直淌着。

飞机树那么多，挨挨挤挤的，一大片，数都数不过来。我小时候，它们就已经很粗很粗，好多树用两个胳膊是揽不住的。这树并不笔直，有时候朝这边歪，有时候朝那边歪，有些树一起歪向一边，有些树又各歪各的，像对大地上什么事好奇着。可是树身又长得极高大，密密匝匝，遮天蔽日。这么大的树竟又长着小小的叶子，结着一串一串小飞机一样的果子，中间鼓囊囊，带着两个小翅膀，似乎想飞向远方。

这是一群有想法的树。

我常常骑着自行车在整个小镇上漫游，也常常经过蚕厂、十字街，再过了西河上的小桥，钻到飞机树里，一遍一遍地骑着。我很爱骑自行车，那是我小时候能想到的飞翔方式。

小镇的上空很偶然地会飞过一架飞机，我仰头一直看着它，直到它消失在遥远的天际。飞机那么高、那么远，要飞向哪里呢？

当我发现飞机树竟然结着那么多小飞机的时候，我就知道这树不简单，搞不好还有很多秘密。于是，我常常独自骑着自行车，赶到飞机树那里，看看它会不会忍不住说点什么。

可它什么也不说。

有一次，我发现飞机树被砍倒了很多棵，空出了一片地，过了段时间砌出了一大块水泥地，围上了围栏。

有一天吃完晚饭，妈说，河边开了个露天舞厅，人怪多的。爸说，你别去了，跳舞的都不是啥好东西。妈说，你就是封建，人家袁三丑两口子天天都去跳。爸说，就他们那样，还跳舞？

过了一段时间，说是舞厅有人打架，出了人命，关了。

又过了一段时间，开了个溜冰场，不知什么原因又关了。

过了几年，姚二娃家不知道走了哪门子关系，在西河边包下了很大一块地，又砍下很多树，开了个酒店。地方大，能摆几十桌，镇上许多红白喜事都在这个环境优美的树林里举行。生意十分兴隆。

后来，听说姚二娃还嫌挣得不够多，不知道中了什么邪，居然绑架了他拜把子兄弟的儿子。他把子兄弟是个开照相馆的，挣了几栋楼，两个人吃喝的时候漏了家底，姚二娃就绑架了他的儿子。姚二娃心不够狠没有撕票，那孩子大了，能认出他。所以，派出所直接破案，他坐牢了。

又听说，袁三丑的老公死了，是被她跳舞跳死的。她老公瘦得像个骷髅似的，还被她拉去跳，能不跳死吗?

我跑去看，这林子多了许多疮疤，东一个，西一个，裸露着生硬的皮肤。

一阵大风吹来，整个树林发出哗哗的声音，气势骇人。我凝神静听，想听听它们说些什么，可终究什么都没听到。

洗澡记

看过美国画家玛丽·卡萨特的一幅画，一位母亲为幼小的女儿洗澡，一只手揽着女儿的腰，另一只手伸在脸盆中搓洗着女儿的小脚。母亲的温和慈祥与女儿的天真可爱构成一幅温馨画面。

儿时关于洗澡的记忆是在麻绢厂的公共澡堂中，一块钱一张票，跟着大人的小孩免费，几个淋浴头，一个大池子。夏天关门，入秋开业，人满为患的冬天也并没有多少取暖措施，常常是一边哆嗦着冷啊、冷啊，一遍快速地穿衣服。但是刚擦干净，还有些水分的身体一点都不光滑，穿衣服的速度大受影响。在中原，冬天洗澡是件需要勇气的事。

天真烂漫的小孩子是无所谓的，洗澡意味着游戏，尤其在那个大池子里，可以泼水玩。长得老大的小男孩也会被母亲带来，泼辣的小媳妇时常会开玩笑地说，× 大娃，你两腿中间的那个是啥啊？小孩子就赶紧夹紧了腿，一阵哄笑声马上传来。又说，你看我们都没有，你的也揪下来算了！小孩子就赶紧用手捂了站在母亲后面。做母亲的大方的就会说，不愿跟他爸去，又脏成这样。快喊姨。还有小孩子吵着，我要尿尿！站在淋雨头下的妈妈，就会赶快奔到澡池边，拎出小孩子到外面了。也有来不及就尿在水里的，母亲用手拍打小孩的屁股。就有人解围道，童子尿不脏，可以消毒。小孩子哭了两声，马上又破涕为笑钻到水里去了。这样的场景见过一回，我也就再不洗池浴了。

上了初中之后，不愿和母亲一同洗澡，因为身体开始发育了，总是坚持要自己去，或约了要好的女伴去。这样一直到了高中。上高中的时候，小舅家开了个澡堂，变高级了，还有单间，只是价钱也不低。母亲说要帮衬舅舅家，我就每次攥着三块钱去洗澡。虽说是外甥女，并没有受什么优待，该排队还是排队，象征性地让让，钱还是照收不误。澡堂的旁边，小舅家连带开了个茶馆，也就是麻将馆，母亲有时去玩两把小牌，一毛两毛的，主要是凑个人场。有一次，父亲说，母亲在那里打牌，因为跟别人的一件小事，小舅吵了母亲，母亲哭着回来了。我听了，也并不详细打听，只是再也不去小舅家了。那去谁家呢？去小青姨家。

一个镇上做小生意的，不是妗子就是婶子，不是叔就是舅，都沾点亲带点故的，去哪家买油条，去哪家买小葱，去哪家修裤边，都是有讲究的，处理起来可是大学问。这点我听父亲母亲的。在外边处事是一套，回到小镇，你得听家乡的一套。小青姨家的男人很帅，人也和气，听说后来两人离了婚，小孩判给了男方，男方交给了小孩的爷爷奶奶。从小就觉得小青姨太洋气，那长相不是小镇容得下的，离了婚去了北京，嫁给了一个司机。小青姨的父母说是女儿不对，丢人，再回到镇上就打断她的腿。可怜的是那孩子，去年回家，母亲说，那孩子大冬天的还穿着薄衣服。

公共澡堂的生涯结束于到武汉读研究生的那一年。到了大城市，才知道什么叫私人空间。厕所一人一间，都带着小门的。洗澡一人一个小格子，挂着厚帘子。洗澡一分钟一毛钱，按钮自己控制。突然有了私密空间的那种兴奋别人难以体会，厕所想怎样上怎样上，澡想怎样洗怎样洗。最大的愿望是有一间属于自己的房子。毕了业，自己家里装了热水器，洗澡永远不再是需要思考的问题。

很多年没在家过冬了。有一年冬天，特想念家乡的雪。一张火车票先坐到了郑州，去看阿卓。火车站变化太大了，弄不清东南西北。还好我乡音未改，看到一个警察叔叔，用了自己还记得的腔调：大哥，火车站东边公交站搁哪里呀！那个警察叔叔，一看是一个时髦的妙龄女郎，马上热情似火地指了方向，还详细做了解说。拖着大行李，见阿卓，等这个有不少烦恼的小公务员下班。一起坐公交车，听她唠叨，回她家，放行李，去吃饭。

我和阿卓，算是因为时间的积累而成为的朋友。我这个人，奉行君子之交淡如水。心里牵挂着，但厌烦常见面。啰唆的朋友、心眼小的朋友、不仗义的朋友，时间久了，都会被我划入黑名单。但是阿卓一直是没有被划入黑名单的好友。初中毕业那年，两人成为镇中学升入县一中的四名高才生中的四分之二。漫长无聊的暑假，阿卓去学过画画，不过半途而废了。我俩一起到鬃刷厂勤工俭学，还一起听黄安的靡靡之音。然后一起到县一中当了寄宿生。高一一个班，高二我读文科，她读理科。高中毕业我进了一个不太满意的师范，她留读，第二年考上郑州一个高校。两人不咸不淡地保持着联系。性格完全不同，但生活的轨迹对方一直都注视着，心灵困顿的时候互相扶持。我在武汉读研，她在天津读研。我在武汉当少儿图书编辑，她在清华大学研究所打零工。我到深圳讨生活，她离开北京回河南考公务员。我结婚生孩子，她结婚后来也生了孩子……

两个女人去一家咖啡店喝了奶茶，说了许多无关痛痒的话。阿卓说她要赚很多钱，每周坐飞机来看我，和我喝上一杯。我说，如果你打算包饺子的时候给我打电话，饺子刚出锅我能坐着私人飞机赶上吃就好了。说完，两人肆无忌惮地笑了。

回了她家，我说，我先洗个澡，去去尘土。她说，郑州的人冬天都到澡堂里洗，否则一定感冒。我疑惑地问，难道是咱俩小时候去的那种？她说，没错。两个人里面穿上睡衣，外面披上大棉袄，穿上拖鞋，出发了。这是一件需要认真准备的事。

话说两个女人到了公共澡堂，十二块钱一个人，搓澡另收费。我们没有申请搓澡。进去之后，脱衣服、锁衣服、进正房。中原的媳妇果然是丰乳肥臀，一个个丰满的身体在淋浴头下若隐若现。我正呆呆看着这惊人场面，忽然发现，也有人在看我。人生本来就是看与被看，更何况不认识！淋浴头不够用，我和阿卓各自突围，终于找到了立足之地，见缝扎针地洗头，往身上涂沐浴露。洗头膏没有了！我想起，我是和阿卓一起来的。阿卓扭过来身体，两人都尴尬了几秒钟，然后就正常了。阿卓说，不会啊，怎么没有了。我说扔了吧，她说加点水可以用。就加了水，洗了她的长发，洗了我的长发。我说，扔了吧。她又说，别扔，马辉的短头发还可以洗几次。我叹为妙绝！两个人洗完了澡，穿上了衣服，互相吹了头发。

走到街上，喝阿卓推荐的小花牛酸奶，口感真的很好。回到家里，睡意全无。阿卓说，我新学了几首吉他曲，弹给你听。我说，那你弹完，我给你朗诵我新写的诗吧。收拾了沙发上堆满的衣服，桌子上堆满的物品，睡衣派对开始了。阿卓的吉他弹得并不太好，正像我写的诗也不出色一样，但有什么关系呢？

睡觉，只有一个很大很厚的被子。我说还有没有多余的？睡一个被窝不习惯。没有了，这个被子很大，不会影响你睡自己的。我说那你跟你男人生气的时候咋办？一个被窝里各睡一边，不影响冷战。说完两人又笑。在一个硕大的被子里聊了一宿，前世今生的事都说了个遍，天终于蒙蒙亮了。过了一会儿，她的闹钟也响了，她要去上班了。

本来是写洗澡的，怎么啰唆了那么多无关的琐事呢？我肯定是想念那个女公务员了。两个女人在两座不同的城市里庸庸碌碌地活着，应付生活中喜欢和不喜欢的人和事。阿卓说她摊的煎饼是最好吃的，包的饺子也很棒。哪一天能吃上呢？